Deutschbuch

Ideen zur Jugendliteratur

Blueprint – Blaupause

Charlotte Kerner

Kopiervorlagen

Herausgegeben von
Ute Fenske, Bernd Schurf
und Andrea Wagener

Erarbeitet von
Deborah Mohr

Cornelsen

Impressum

Redaktion: Franziska Voigt, Hamburg

Bildrecherche: Gabi Sprickerhof
Illustration: Mone Schliephack, Niedernhausen-Oberjosbach
Umschlaggestaltung: Klein & Halm Grafikdesign, Berlin, unter Verwendung des Covers von Charlotte Kerner: Blueprint. Blaupause. Weinheim/Basel: Beltz & Gelberg 2009, Einbandgestaltung: Cornelia Niere, München, unter Verwendung eines Motivs von Estelle Klawitter/Zeta/Corbis
Layoutkonzept: Katharina Wolff-Steininger
Layout und technische Umsetzung: Ines Schiffel, Berlin

www.cornelsen.de

Dieses Werk berücksichtigt die Regeln der reformierten Rechtschreibung und Zeichensetzung.

1. Auflage, 1. Druck 2011

Druck: H. Heenemann, Berlin

ISBN: 978-3-06-061330-4

Inhalt gedruckt auf säurefreiem Papier aus nachhaltiger Forstwirtschaft.

Inhalt

Vorwort

Über den Roman

Der Zukunftsroman „Blueprint. Blaupause“* schildert ein Szenario, mit dem wir auf Grund der Möglichkeiten der modernen Fortpflanzungsmedizin schon in naher Zukunft konfontiert sein könnten: Aus Sicht der jungen Frau Siri Sellin, die als Klon ihrer gut dreißig Jahre älteren Mutter lebt, werden eindrücklich die Auswirkungen des reproduktiven Klonens auf die Identitätsentwicklung eines geklonten Kindes geschildert.

„Blueprint. Blaupause“ ist aber weit mehr als ein Roman über das Klonen. Er ist gleichzeitig ein Roman über die spannende Entwicklung einer Mutter-Tochter-Beziehung, in der Siri Erfahrungen macht, die die jugendlichen Leser durchaus teilen können: den Umgang mit dem Erwartungsdruck der ehrgeizigen Mutter, Fluchten zu ihrem „Ersatzbruder“ Janeck, das erste Verliebtsein, die allmähliche Abnabelung von der Mutter oder die Konfrontation mit Krankheit und Tod.

All diese Erfahrungen werden dem Leser durch eine Vielzahl intertextueller Bezüge und die Verwendung unterschiedlicher Leitmotive anschaulich nähergebracht.

Zudem zeichnet sich „Blueprint. Blaupause“ durch eine moderne Erzählstrategie aus, die durch eine Kombination von kommentierenden und erzählenden Passagen und einen ständigen Wechsel der Erzählform viel Raum für Interpretationen lässt.

All dies macht „Blueprint. Blaupause“ zu einem der erfolgreichsten Jugendromane der letzten Jahre, der 2003 mit Franka Potente in der Doppelrolle als Iris und Siri von Rolf Schübel verfilmt wurde.

Der Roman ist wegen des anspruchsvollen Themas und der zahlreichen erzähltechnischen Besonderheiten als Lektüre für Jugendliche ab der 9. Jahrgangsstufe geeignet.

Zur Reihe

Das vorliegende Heft ist Teil einer Reihe mit kopierfähigen Arbeitsblättern zu bekannten und aktuellen Jugendbüchern, die sich als Lektüre für die Jahrgangsstufen der Sekundarstufe I eignen.

Das Reihenkonzept geht davon aus, dass die Schülerinnen und Schüler den Roman im Unterricht oder zu Hause ganz lesen. Die Kopiervorlagen sollen die Erarbeitung im Unterricht begleiten. Die Zusammenstellung der Arbeitsblätter berücksichtigt dabei unterschiedliche Phasen der Erarbeitung im Unterricht. Die Hefte der Reihe sind somit gleich aufgebaut: Sie enthalten Arbeitsblätter zum Einstieg in die Lektüre, zu wichtigen Aspekten der Textanalyse (wie Inhaltssicherung, Figuren, Handlung, thematische Aspekte, Erzählweise, Stil, Sprache) und zur Textrezeption. Zur Erleichterung der Unterrichtsvorbereitung für die Lehrerinnen und Lehrer werden Klassenarbeitsvorschläge angeboten, die Arbeitsblätter didaktisch kommentiert und Lösungsvorschläge gemacht.

Die Arbeitsblätter haben Doppelüberschriften, deren zweiter Teil sich an zentralen Kompetenzen orientiert und den Lehrkräften Auskunft über die konkreten Operatoren gibt, die durchgeführt werden sollen. Die Aufgabenstellungen berücksichtigen sowohl textanalytische als auch handlungsorientierte und produktiv-gestaltende Verfahren. Mit Piktogrammen gekennzeichnete Aufgaben ermöglichen auch kooperatives Arbeiten. Zusatzaufgaben, die sich zur Binnendifferenzierung eignen, sind optisch hervorgehoben: 4.

Die Hefte der Reihe „Ideen zur Jugendliteratur – Kopiervorlagen“ sind terminologisch und methodisch auf das „Deutschbuch“ abgestimmt.

* Die Seiten- und Zeilenangaben in diesem Heft beziehen sich auf folgende Ausgabe des Romans: Charlotte Kerner: Blueprint. Blaupause. Mit einem Nachwort und einem Essay zum Film von Charlotte Kerner. Neuausgabe 2009. © 1999, 2001, 2004 Beltz & Gelberg in der Verlagsgruppe Beltz, Weinheim, Basel (Gulliver Taschenbuch 1102).

Buchcover und Titel – Leseerwartungen formulieren

1 *Den ersten Eindruck von einem Buch erhält man über den Umschlag. Beschreibe das Cover, indem du Stichworte zu den Überschriften notierst.*

Einbandgestaltung: Cornelia Niere, München, unter Verwendung eines Motivs von Estelle Klawitter/Zeta/Corbis.
© 2009 Beltz & Gelberg in der Verlagsgruppe Beltz, Weinheim, Basel

Bildgegenstand

Bildaufbau (und Farben, falls dir das Original vorliegt)

Gesamteindruck

Das Wort Klon mag ich übrigens nicht, weil es inzwischen zu abgenutzt und abgelacht ist. Ich nenne mich lieber *Blueprint*. Die Blaupause ist eine Kopie, die ohne Umwege über ein Negativ gewonnen wird und auf einem weißen Grund blaue Linien zeichnet.

Blau ist schon immer meine Lieblingsfarbe gewesen und natürlich auch die von Iris, dieser vermessenen Frau, die sich für eine Göttin hielt. Im Jahr null, als ich gemacht und geboren wurde, begann meine Geschichte, die ich – genau wie mich selbst – *Blueprint* nennen will.

Charlotte Kerner: Blueprint. Blaupause. © 1999, 2001, 2004 Beltz & Gelberg in der Verlagsgruppe Beltz, Weinheim, Basel, S. 9f.

2 *a) Klärt in Partnerarbeit mit Hilfe des Romanauszugs die Bedeutung des Romantitels.*
b) Überlegt zu zweit, wer möglicherweise auf dem Cover zu sehen ist.

3 *Stelle Vermutungen darüber an, wovon der Roman handeln und was darin passieren könnte. Schreibe deine Vermutungen auf.*

4 *Sammelt eure Vermutungen zum Romaninhalt in der Klasse. Welche Gemeinsamkeiten und Unterschiede könnt ihr feststellen?*

Der Klappentext – Fragen zum Roman entwickeln

Auf der Rückseite der Taschenbuchausgabe von „Blueprint. Blaupause“ findet sich der folgende Text:

„Einer der aufregendsten Beiträge zur Diskussion um die Gen-Technologie.“

Saarbrücker Zeitung

Die hochbegabte Komponistin Iris leidet an einer unheilbaren Krankheit. Damit ihr Talent nicht mit ihr aus der Welt schwindet, lässt sie sich klonen. Iris und ihre Tochter Siri sind damit eineiige Zwillinge und zugleich Mutter und Kind.
Als „blueprint“, als Kopie ihrer Mutter, lebt Siri ein vorgegebenes, vorgelebtes Leben. Wo genau verläuft die Grenze zwischen ihren Persönlichkeiten? Wer ist hier Ich und wer Du, wer frei und wer Sklavin der anderen?

Klappentext zu: Charlotte Kerner: Blueprint. Blaupause. © 2004 Beltz & Gelberg in der Verlagsgruppe Beltz, Weinheim, Basel

1 *Markiere im Text in zwei unterschiedlichen Farben*
- ☐ *Stellen, in denen du etwas über die Figuren und die Handlung des Romans erfährst,*
- ☐ *Stellen, die das Interesse des Lesers wecken und auf die Lektüre neugierig machen sollen.*

2 *Untersuche, welche sprachlichen Mittel eingesetzt werden, um das Leserinteresse zu wecken. Kreuze dann an, welche der folgenden Aussagen zutreffen und welche nicht.*

Aussage	Trifft zu	Trifft nicht zu
Durch Fragen wird das Interesse des Lesers auf konkrete Inhalte des Romans gelenkt.	☐	☐
Die ungewöhnliche Satzstellung erzeugt Spannung.	☐	☐
Auf Grund der unvollendeten Sätze wird das Interesse des Lesers am weiteren Verlauf des Romans geweckt.	☐	☐
Das Zitat aus einer Rezension soll belegen, dass es sich um einen interessanten Roman handelt.	☐	☐

3 *Am Ende des Klappentextes finden sich Fragen, die sich auf den Inhalt des Romans beziehen. Sammelt in der Klasse Fragen, die ihr persönlich an den Roman habt. Verwendet dazu die „Schneeball-Methode“ und geht wie folgt vor:*

a) Jede/r Schüler/in notiert zunächst alleine für sich drei Fragen, die sie/er an den Roman hat.

____

____

____

b) Anschließend bespricht sich jeder Schüler mit dem Nachbarn. Die Zweiergruppen müssen sich jeweils auf insgesamt drei Fragen einigen. Kennzeichnet die drei ausgewählten Fragen auf euren Arbeitsblättern mit einem Kreuz.

c) In einem weiteren Schritt schließen sich jeweils zwei Paare zu einer Vierergruppe zusammen, die sich wiederum – nach einer kurzen Diskussion – auf drei Fragen einigen sollen. Schreibt diese in großer Schrift auf ein DIN-A3-Blatt.

d) Hängt abschließend die DIN-A3-Blätter gut sichtbar auf und besprecht die Fragen gemeinsam in der Klasse. Könnt ihr euch auf drei Fragen einigen? Notiert diese auf eurem Arbeitsblatt.

Erinnerst du dich? – Zitate in den Zusammenhang einordnen

1 *Erinnere dich – nach Möglichkeit ohne das Buch aufzuschlagen –, in welchem Zusammenhang die folgenden Textstellen vorkommen.*

a) Halte in der linken Spalte der Tabelle fest, in welchem Kapitel die Textstelle steht: Doppelgöttin (Das Jahr null), Einklang (Kindheit I), Duett (Kindheit II), Zwietracht (Jugend I), Zweikampf (Jugend II) und Doppelleben (Das zweite Jahr null).

b) Notiere in der rechten Spalte Stichpunkte, die den inhaltlichen Zusammenhang erläutern.

Kapitel	Text	Zusammenhang
Duett (Kindheit II)	Siri hatte sich geweigert, dieses langweilige schwarze Kleid anzuziehen, das ihre Mutter für sie ausgesucht hatte. „Wir gehen doch auf keine Beerdigung, es ist Muttertag!" Dass ein schwarzes Kleid üblich sei, ließ sie nicht gelten: „Dann wird es heute eben mal unüblich."	Gemeinsamer Auftritt am Muttertag, Siri „schmückt" ihr Kleid heimlich mit gelbem Band, Iris scheint dies nicht zu bemerken. (S. 82 f.)
	Als ich zu spielen begann, vergaß ich alles um mich herum. Ich spielte nur für dich, Mutter, genauso wie du für mich gespielt hattest, als ich in dir noch im Dunkeln lebte und unsichtbar für die anderen war. Mein Anfang war dein Ende, dein Ende ist mein Anfang.	
	„Lächerlich!" Siri fühlte sich verspottet. „Soll ich das vielleicht sein, dieses Kinderklavier? Also, dieses Stück spiel ich sicher nicht." Zum ersten Mal stritten sie heftig über eine von Iris' Kompositionen.	
	Iris behauptete ihr Leben lang, in den allerersten Lauten der Tochter die Anfangstöne des Stückes „Tautropfen" erkannt zu haben. „Sie singt meine Musik, hören Sie?", schrie sie glücklich.	
	Zusammen betasteten sie die krummen Beine und die goldenen Pedale des Konzertflügels. Sie berührten und benannten alle seine Teile: vom Tastendeckel bis zur Notenauflage, vom Flügelschloss bis zu den Hämmerchen.	
	Blatt für Blatt nahm Siri sich die „Tautropfen" vor, schnitt und faltete und klebte die Noten und Notenlinien neu zusammen. Diese Collage übermalte sie mit kräftigen, breiten schwarzen und blauen Pinselstrichen, Kreisen und Kringeln.	

Charlotte Kerner: Blueprint. Blaupause. © 1999, 2001, 2004 Beltz & Gelberg in der Verlagsgruppe Beltz, Weinheim, Basel

2 *Vergleicht eure Ergebnisse unter Lernpartnern. Sucht bei abweichenden Ergebnissen Textstellen im Roman, die eure Vermutungen bestätigen oder korrigieren.*

3 *a) Beurteile, welche der dargestellten Situationen du beim Lesen besonders interessant oder spannend fandest. Begründe deine Meinung schriftlich in deinem Heft.*

b) Tauscht euch in der Klasse über eure Meinungen aus. Gibt es eine Textstelle, die besonders viele von euch angesprochen hat?

Beziehungen – Die Figurenkonstellation darstellen (Teil 1)

1 *Vervollständige die Figurenkonstellation auf Teil 2 des Arbeitsblattes.*
a) Trage die fehlenden Namen (Katharina Sellin, Jonathan Fisher, Thomas Weber, Janeck Hausmann) an den passenden Stellen ein.
b) Kennzeichne die Art der Beziehungen, indem du an den vorskizzierten Stellen verschiedenfarbige Pfeile einzeichnest und an die Pfeile zusätzliche Angaben schreibst.

TIPP

Um die **Figurenkonstellation** zu verdeutlichen, kannst du so vorgehen:
- Ordne die Figuren nahe beieinander an, wenn es sich um eine gute Beziehung handelt, platziere sie weiter entfernt, wenn das Verhältnis problematisch ist.
- Kennzeichne die Art der Beziehung durch Pfeile in unterschiedlichen Farben:
  - grün: gute Beziehung
  - rot: schlechte Beziehung
  - gelb: Beziehung, die wechselhaft ist oder sich im Lauf der Geschichte verändert
- Schreibe an die Pfeile zusätzliche Angaben zur Art der Beziehung wie z. B. „Freundschaft“, „Vater und Sohn“, „hilft ihr“ oder „mag ihn nicht“. Versuche dabei, die Beziehungspfeile knapp, aber aussagekräftig zu kommentieren.
- Trage einen Doppelpfeil ein, wenn die Beziehung gegenseitig ist.

2 *Vergleicht eure Ergebnisse unter Lernpartnern. Überlegt bei abweichenden Ergebnissen gemeinsam, welcher Pfeil oder welche Formulierung die Beziehung treffender charakterisiert, und korrigiert gegebenenfalls eure Aufzeichnungen.*

3 *Tauscht euch in Partnerarbeit über die einzelnen Figuren im Roman aus und entscheidet gemeinsam, bei welchen Figuren es sich um Haupt- und bei welchen es sich um Nebenfiguren handelt. Markiert die Namen der Figuren entsprechend in zwei unterschiedlichen Farben.*

TIPP

Hauptfiguren ziehen in literarischen Texten im Gegensatz zu **Nebenfiguren** die Aufmerksamkeit der Leser/innen auf sich.
Von einer Hauptfigur spricht man, wenn die Figur in der Darstellung den größten Raum einnimmt, wenn sie in großem Umfang an der Figurenkommunikation beteiligt ist und wenn sie aktiv am Handlungsgeschehen teilnimmt bzw. an der Fortführung der Handlung beteiligt ist.

4 *Auf der Homepage zu „Blueprint“ (www.blueprint-blaupause.de) ist unter dem Link „Charaktere“ auch eine Figurenkonstellation abgebildet. Diese unterscheidet sich allerdings von eurer unter anderem dadurch, dass auch Mister Black als Figur eingefügt ist.*
Überlegt zu zweit, ob ihr dies für sinnvoll haltet, und fügt Mister Black gegebenenfalls noch in eure Figurenkonstellation ein. Begründet eure Entscheidung.

Wir haben Mister Black (nicht) in die Figurenkonstellation eingefügt, weil ______

______

______

______

______

Beziehungen – Die Figurenkonstellation darstellen (Teil 2)

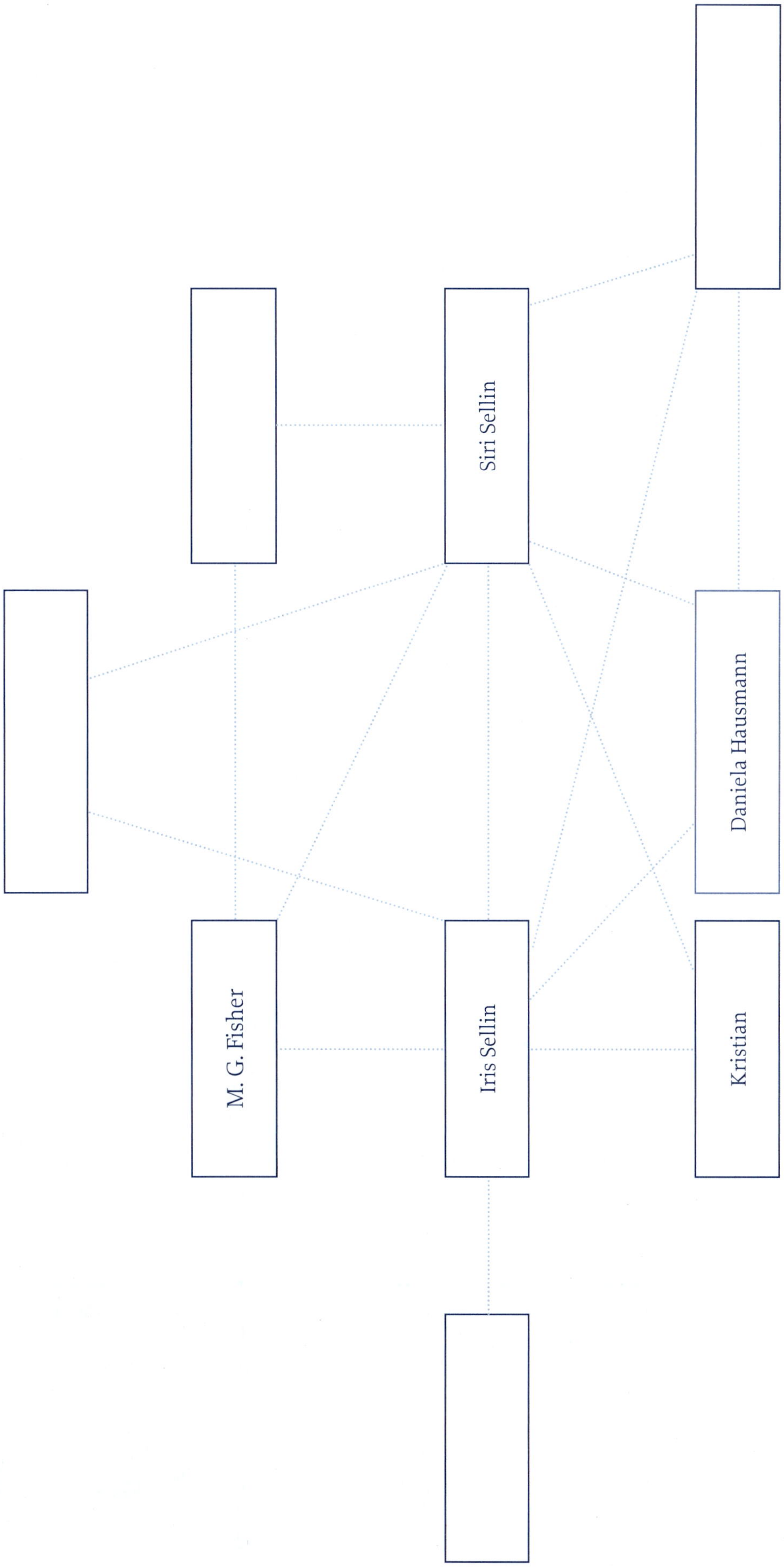

„Ich heiße Siri …“ – Eine Rollenbiografie verfassen

1 *Verfasse zu Siri Sellin eine Rollenbiografie zu dem Zeitpunkt kurz nach dem Tod ihrer Mutter.*
a) Mache dir zunächst Notizen zu den Fragen im Tippkasten.
b) Formuliere die Rollenbiografie dann aus. Beginne so:
Ich heiße Siri Sellin und bin 21 Jahre alt. Meine Mutter …

TIPP

Die **Rollenbiografie** ist eine beim Theater und Film gebräuchliche Methode, um sich mit einer Figur intensiv auseinanderzusetzen und sich in deren Lebenssituation einzufühlen. Die Rollenbiografie wird in der Ich-Form und in ganzen Sätzen verfasst. Folgende Fragen, die noch erweiterbar sind, helfen dir, dich der Figur zu nähern.

- ☐ Wie heißt du und wie alt bist du?
- ☐ Wer sind deine Eltern?
- ☐ Welches Verhältnis hast du zu deiner Familie?
- ☐ Wie sah dein bisheriger Lebensweg aus?
- ☐ Hast du Freunde?
- ☐ Bist du verliebt oder warst du verliebt?
- ☐ Was sind deine Stärken und Schwächen?
- ☐ Was sind deine Befürchtungen und Ängste?
- ☐ Welche Wünsche hast du für die Zukunft?

2 *a) Tausche deine Rollenbiografie mit der deines Lernpartners oder deiner Lernpartnerin. Lies den Text und notiere in deinem Heft Ergänzungen, Fragen oder Überlegungen, die dir vorher nicht eingefallen waren.*
b) Klärt in einem Gespräch, ob und inwiefern sich euer Bild von Siri durch das Verfassen der Rollenbiografie verändert hat.

3 *Bildet Gruppen von maximal vier Personen und diskutiert, welche der abgebildeten Schauspielerinnen am ehesten eurer Vorstellung von Siri entspricht. Bereitet euch darauf vor, eure Entscheidung mit möglichst guten Argumenten vor der Klasse zu begründen.*

Foto: Cinetext/Allstar

Foto: Cinetext/Creaps

Foto: Cinetext/Dorothee Falke

Foto: Cinetext/EHA

„Übersteigerte Selbstliebe"? – Motive einer Figur untersuchen

TIPP

Ein **Zeilenzähler** hilft dir dabei, in einem Buch ohne Zeilenzählung schnell konkrete Textstellen zu finden und dich darüber zu verständigen.
Schneide dazu aus fester Pappe ein Lesezeichen zu, das genauso hoch ist wie die Seiten deines Buches.
Lege das Lesezeichen in der Mitte des Buches bündig an und nummeriere auf der Pappe jede fünfte Zeile.
Nun kannst du den Zeilenzähler auf jeder beliebigen Seite des Buches anlegen und so schnell eine bestimmte Zeile finden oder benennen.

Illustration: Sylvia Graupner, Annaberg

1 *Untersuche Iris' Motive, die sie zu der Entscheidung bringen, sich klonen zu lassen.*
a) Bastele zunächst einen Zeilenzähler, damit du die entscheidenden Textstellen schnell finden kannst.
b) Lies noch einmal die folgenden Romanauszüge:
- ☐ *S. 12, Z. 30 – S. 14, Z. 10*
- ☐ *S. 19, Z. 8–21*
- ☐ *S. 20, Z. 27 – S. 21, Z. 30*
- ☐ *S. 129, Z. 22–27*

c) Notiere in deinem Heft in Stichworten alle Motive, die Iris dazu bringen, sich klonen zu lassen. Belege die Motive mit Seiten- und Zeilenangaben.

2 *An einer Stelle im Roman wirft Siri Iris „übersteigerte Selbstliebe" (S. 21, Z. 19 f.) vor. Überlege gemeinsam mit deiner Lernpartnerin oder deinem Lernpartner, was damit gemeint ist, und formuliere in deinem Heft eine kurze Erklärung.*

Der Roman ist aus Siris Sicht geschrieben, das heißt, dass sie als Erzählerin auswählt, was sie den Leserinnen und Lesern erzählt, und dass sie die Entscheidung ihrer Mutter aus ihrer Sicht darstellt und bewertet.
Am Ende des Romans erfährt der Leser aber, dass Iris für Siri alle ihre Erlebnisse in einem Tagebuch aufgeschrieben hat (S. 152, Z. 8–11). Siri entscheidet sich dafür, diese Aufzeichnungen nie zu lesen, und bringt sie auf die Mülldeponie (S. 163, Z. 4–23).

3 *Verfasse den verlorenen Tagebucheintrag, den Iris an dem Tag geschrieben haben könnte, an dem sie entschieden hat, sich klonen zu lassen. Überlege dafür, welche der erarbeiteten Motive für Iris wohl ausschlaggebend waren und welche womöglich nur eine untergeordnete Rolle gespielt haben oder ihr von Siri vielleicht zu Unrecht unterstellt werden.*

TIPP

Ein **Tagebucheintrag** wird aus der Perspektive einer literarischen Figur in der Ich-Form verfasst. Er dient dazu, sich etwas von der Seele zu schreiben, etwas zu verarbeiten oder seine Gedanken am Ende eines Tages zu sammeln. In einem Tagebucheintrag kann man auch das ausdrücken, worüber man gerade nicht gut sprechen kann, was man also in einer Unterhaltung womöglich nie äußern würde.

4 *a) Bildet Dreier- oder Vierergruppen. Stellt euch gegenseitig eure Tagebucheinträge vor. Prüft bei den einzelnen Texten, inwieweit Iris' „übersteigerte Selbstliebe" und inwieweit andere Motive für ihre Entscheidung zum Ausdruck kommen. Haltet fest, welche Motive im Vordergrund stehen.*
b) Erklärt, warum sich die Motive in den Tagebucheinträgen möglicherweise von den im Roman genannten unterscheiden.

Ich/du/wir – Die Entwicklung einer Beziehung analysieren

1 *Untersucht in Gruppenarbeit die Entwicklung der Beziehung zwischen Iris und Siri.*
a) Bildet Gruppen von drei bis vier Personen und teilt die angegebenen Textstellen unter euch auf.
b) Lest „eure" Textstellen und formuliert zu jeder Situation ein bis zwei Sätze, die die Beziehung zwischen Iris und Siri charakterisieren.
c) Stellt euch eure Arbeitsergebnisse gegenseitig vor und vervollständigt eure Aufzeichnungen.
d) Überlegt gemeinsam, welchen Grad von Nähe oder Distanz die Beziehung zwischen Iris und Siri in welchen Situationen hat. Tragt dazu in der rechten Spalte der Tabelle ein entsprechendes Kreuz ein und verbindet die Kreuze am Schluss zu einer Beziehungskurve.

Textstelle	Situation	Distanz Nähe
S. 50, Z. 9 – S. 51, Z. 6	Iris erklärt ihrer Tochter vor dem großen Spiegel, dass sie einmal werden wird wie sie.	x
S. 57, Z. 28 – S. 59, Z. 4		
S. 62, Z. 9 – S. 64, Z. 9		
S. 83, Z. 16 – S. 83, Z. 25		
S. 87, Z. 11 – S. 88, Z. 25		
S. 110, Z. 1 – S. 111, Z. 21		
S. 116, Z. 17 – S. 117, Z. 9		
S. 124, Z. 22 – S. 125, Z. 23		
S. 128, Z. 1 – S. 132, Z. 9		
S. 154, Z. 18 – S. 155, Z. 8		
S. 161, Z. 19 – S. 164, Z. 6		

Verlauf der Geschichte

2 *Überlegt gemeinsam, inwiefern die Entwicklung der Beziehung zwischen Iris und Siri dadurch zu erklären ist, dass Siri Iris' Klon ist. Kann man bei der Entwicklung von einer ganz normalen Mutter-Tochter-Beziehung sprechen? Haltet eure Überlegungen in einem kurzen Text fest.*

Fishers Entscheidung – Ein Rollenspiel durchführen

Mortimer G. Fisher und Siri Sellin treffen sich im Roman nur drei Mal: Bei der ersten Begegnung ist Siri erst zehn Jahre alt und fasziniert von dem sympathischen Mann mit den schönen Händen (vgl. S. 81). Beim zweiten Treffen wirft Siri dem Arzt in erster Linie vor, ihr nie ein Vater gewesen zu sein (vgl. S. 145 f.). Beim dritten Gespräch nach der Beerdigung ihrer Mutter bittet Fisher Siri, das Klavierspielen wieder aufzunehmen, worauf diese aggressiv reagiert. Fisher sagt daraufhin: „Ich hoffe nur, wir sehen uns bald einmal unter den richtigen Umständen wieder, um endlich in Ruhe zu reden, kleine Siri. Es täte uns beiden gut, glaube ich." (S. 159) Dieses Gespräch findet im Roman aber nicht statt, sondern wird nur erwähnt (S. 167).

1 *Bereite dich darauf vor, das Gespräch zwischen Siri und Mortimer Fisher über Fishers Entscheidung, Iris zu klonen, in einem Rollenspiel darzustellen.*

a) Lies noch einmal die folgenden Textstellen im Roman:

- □ *S. 18, Z. 6 – S. 19, Z. 27*
- □ *S. 47, Z. 1 – S. 49, Z. 14*
- □ *S. 74, Z. 9–27*
- □ *S. 78, Z. 11 – S. 80, Z. 3*
- □ *S. 85, Z. 20 – S. 86, Z. 17*
- □ *S. 103, Z. 10 – S. 104, Z. 8*
- □ *S. 109, Z. 9–25*
- □ *S. 137, Z. 1–24*

b) Notiere in Stichpunkten in deinem Heft, was Siri zu Mortimer Fisher sagen könnte und was dieser ihr antworten könnte.

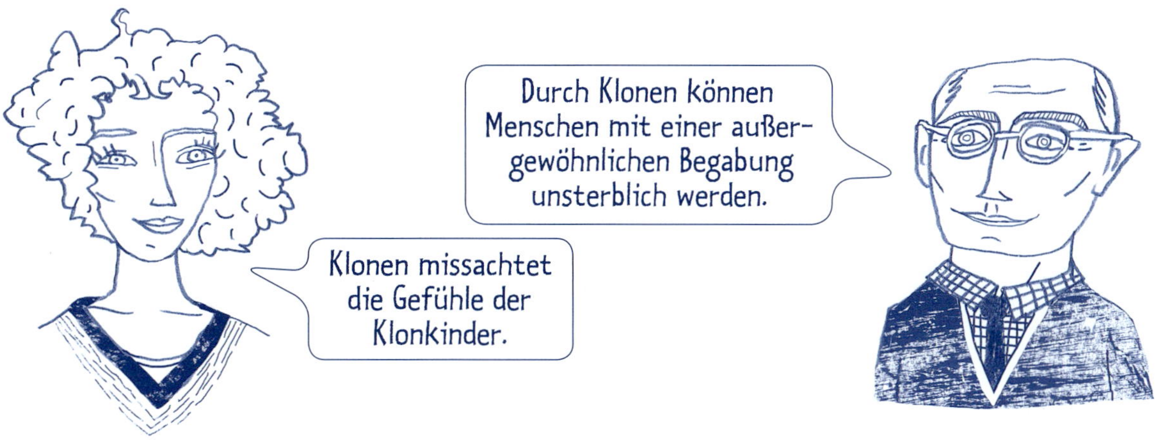

2 *Führt das Rollenspiel durch:*

a) Zwei Schülerinnen und Schüler spielen vor der Klasse das Gespräch zwischen Siri und Fisher.

b) Die Zuhörer notieren dabei auf dem Beobachtungsbogen, wie sie die Darstellungen bewerten.

Der Schüler/die Schülerin ...	**„Siri"**			**„Fisher"**		
	↑	→	↓	↑	→	↓
... hat seine/ihre Rolle glaubwürdig gespielt.	□	□	□	□	□	□
... hat eine der Rolle angemessene Sprache verwendet.	□	□	□	□	□	□
... hat seine/ihre Argumente der Rolle entsprechend überzeugend vertreten.	□	□	□	□	□	□
... hat seiner/ihrer Rolle entsprechend auf Gegenargumente reagiert.	□	□	□	□	□	□

3 *a) Tauscht im Klassengespräch eure Eindrücke von dem Rollenspiel aus. Dabei sollten zuerst diejenigen zu Wort kommen, die das Rollenspiel durchgeführt haben, danach die Beobachter.*

b) Wiederholt das Rollenspiel mit zwei anderen Darstellern.

4 *Diskutiert in der Klasse, ob ihr Fishers Entscheidung, Iris zu klonen, für gerechtfertigt haltet. Nutzt dabei Argumente aus dem Rollenspiel und eigene Argumente.*

Janeck – Die Bedeutung einer Figur erarbeiten

1 *Als Janeck im Roman zum ersten Mal erwähnt wird, heißt es, dass er „mit einem Holzschild und einem hölzernen Schwert bewaffnet" vor Iris gestanden habe (S. 41). Erkläre, was diese Gegenstände über Janecks Verkleidung hinaus für die Romanhandlung bedeuten (symbolische Funktion).*

2 *Arbeite heraus, welche Bedeutung Janeck in den angegebenen Situationen jeweils für Siri hat, und vervollständige die Grafik.*

S. 59, Z. 27 f.
Janeck nimmt Siri in den Kirchturm mit und befreit sie dadurch zumindest kurzfristig von dem Einfluss ihrer Mutter.

S. 66, Z. 20 ff.

S. 117, Z. 11 ff.

S. 132, Z. 26 ff.

S. 138, Z. 26 ff.

S. 163, Z. 13 ff.

3 *Setze aus Siris Sicht die folgenden beiden Sätze fort:*

Janeck wird für mich immer besonders wichtig, wenn

Ohne Janeck

4 *Erkläre, warum Iris sich so oft über Janeck ärgert. Formuliere dazu in deinem Heft einen kurzen Text.*

Siri und Kristian – Textstellen genau untersuchen (Teil 1)

1 *Markiere in den folgenden Auszügen aus „Blueprint. Blaupause" mit unterschiedlichen Farben die Stellen,*
- ☐ *an denen deutlich wird, was Siri für Kristian empfindet,*
- ☐ *an denen die Erzählung den Eindruck vermittelt, dass Kristian an Siri interessiert ist,*
- ☐ *an denen deutlich wird, dass Siri sich in Bezug auf Kristians Gefühle ihr gegenüber möglicherweise nur etwas vormacht.*

2 *Notiere neben den markierten Stellen am Rand jeweils, ob es sich dabei um direkte Aussagen Kristians (wörtliche Rede) handelt oder ob die Ereignisse aus Siris Sicht geschildert werden.*

Kristian konnte Iris und Siri nicht länger unbekümmert gegenübersitzen. Als er eines Tages das Aussehen der beiden unbewusst verglichen und Siri ihm besser gefallen hatte, war er zutiefst erschrocken und hatte sich geschämt. Nur kurz hatten sich seine und Siris Blicke gekreuzt, aber er war sicher, dass sie ihn durchschaut hatte.

Siris Sicht

Danach lächelte er sie seltener an und Iris fragte ihn: „Warum bist du plötzlich so abweisend zu Siri?"

„Sie geht mir auf die Nerven. Inzwischen ist sie wirklich zu alt, um mich als Vaterersatz anzuhimmeln."

„Ich rede mit ihr …", sagte Iris.

Aber Kristian unterbrach sie harsch: „Lass das bitte, das regle ich schon alleine. Ich komme einfach seltener hierher und wir treffen uns stattdessen mehr bei mir."

„Hallo, Iris. Hier ist Kristian. Ich bin wieder da. Können wir uns sehen?"

„Kristian, ich habe dich vermisst." Ohne zu überlegen, verwandelte sich Siri in Iris. Schon oft hatte sie einige von Iris' Gesprächen belauscht und so wusste sie jetzt, was sie zu sagen hatte, um unentdeckt zu bleiben.

Sie schlug ihm vor, am Samstagnachmittag gegen fünf Uhr vorbeizukommen, da sei Siri mit Janeck unterwegs. Er habe doch einen Hausschlüssel, sie werde im Schlafzimmer auf ihn warten. Fünf Tage zu warten falle ihm schwer, sagte Kristians schöne, erotische Stimme. Aber wenn es eben nicht anders gehe, dann komme er am Samstag. Dann sagte er noch: „Ich liebe dich", und Siris Magen schlug tausend Purzelbäume.

Siri und Kristian – Textstellen genau untersuchen (Teil 2)

Dass etwas nicht stimmte, muss er vom ersten Augenblick an gespürt haben, obwohl es dunkel war im Schlafzimmer und ich dein Parfüm benutzt hatte und deinen Morgenmantel trug. Er hat mich geküsst und meine Brust gestreichelt und sofort, als er mich berührte, wollte er mich. Er muss doch gemerkt haben, wie straff meine Haut war und wie ich glühte. Nur mich, die junge Iris, wollte er in diesem Augenblick. Ich habe ihm bestimmt besser gefallen als du! Da bin ich mir ganz sicher! Er hatte wieder diesen begehrlichen Blick. Aber dann hat ihn der Mut verlassen. Als ich ihn aufs Bett ziehen wollte, löste er sich mitten im allerschönsten Kuss aus meinen Armen und knipste das Licht an.

„Siri, das war keine gute Idee", sagte er. Und auch als ich ihm beteuerte, wie sehr ich in ihn verliebt sei, schüttelte er nur den Kopf. „Den heutigen Nachmittag sollten wir am besten ganz vergessen", meinte er, „dann werde ich Iris auch nichts verraten."

Doch dann sah sie in Augen, die sie nie vergessen hatte. Es war Kristian, ihre erste große Liebe. Sie schaute ihn an und stellte sich vor, dass er sie umarmen und ihr ins Ohr flüstern würde, dass er sie unbedingt treffen wolle, jetzt, da Iris tot sei, die so lange zwischen ihnen gestanden habe. Nur an Siri habe er die ganze Zeit gedacht und sie nie vergessen können. Siri spürte, wie sie rot wurde.

Aber Kristian legte ihr nur die Hände auf die Schultern und gab ihr einen leichten Kuss auf die Stirn. „Du bist sehr tapfer", sagte er. „Iris wäre stolz auf dich und besonders auf dein Spiel gewesen." Seine Augen waren tränennass.

Wieder ist er zu feige, mir zu sagen, was er wirklich will, dachte Siri.

Charlotte Kerner: Blueprint. Blaupause. © 1999, 2001, 2004 Beltz & Gelberg in der Verlagsgruppe Beltz, Weinheim, Basel, S. 92, 106, 107, 158

3 *a) Erkläre in deinem Heft schriftlich, wodurch die widersprüchlichen Aussagen in Bezug auf Kristians Gefühle zustande kommen.*
b) „Liebe macht blind." Erläutere in deinem Heft, ob dieses Sprichwort auf Siri zutrifft.

4 *Formuliere in deinem Heft einen Text, in dem du Kristians Erlebnisse mit Siri aus Kristians Sicht erzählst. Dabei sollte deutlich werden, wie Kristian Siris Verhalten beurteilt und was er für sie empfindet.*

Siris Leben – Aufbau und Zeitgestaltung darstellen (Teil 1)

TIPP

Das erzählte Geschehen in dem Roman „Blueprint. Blaupause" erstreckt sich über den Zeitraum von Siris Geburt bis zu ihrem einunddreißigsten Lebensjahr. Um die Ereignisse dieser Zeit einzufangen, wird mit **Zeitraffungen** gearbeitet. Sie entstehen dann, wenn die **erzählte Zeit** (d. h. der Zeitraum, in dem sich das erzählte Geschehen abspielt) länger ist als die **Erzählzeit** (d. h. die Zeit, in der die Geschichte erzählt bzw. gelesen werden kann).

1 *Erkläre, auf welche Weise in diesen Textstellen Zeit gerafft wird.*

A Ich bin jetzt einunddreißig Jahre alt. (S. 165)

B Am Muttertag des zwölften Jahres hatte Thomas Weber ein Konzert organisiert, in dem Iris und Siri Sellin die zweite Hälfte bestreiten sollten. (S. 82)

C Neun Monate lang und täglich acht bis zehn Stunden arbeitete Iris hinter geschlossener Tür an der Partitur. (S. 65)

D In diesen Jahren rückten wir immer enger zusammen. (S. 73)

2 *Untersuche die Länge der erzählten Zeit in den einzelnen Romankapiteln, indem du feststellst, welche Lebensjahre von Siri in den Kapiteln beschrieben werden. Trage deine Untersuchungsergebnisse auf Teil 2 des Arbeitsblattes ein.*

3 *a) Markiere in deiner Übersicht (Teil 2 des Arbeitsblatts) die Kapitel farbig, in denen die Erzählzeit im Verhältnis zur erzählten Zeit besonders lang ist, in denen also auf vielen Buchseiten ein relativ kurzer Abschnitt von Siris Leben erzählt wird.*
b) Erinnere dich noch einmal, was genau in diesen Kapiteln passiert. Stelle Vermutungen dazu an, warum gerade diese Abschnitte von Siris Leben besonders ausführlich erzählt werden.

____

____

____

____

4 *a) Kennzeichne auf deiner Übersicht (Teil 2 des Arbeitsblatts) die Stelle, an der im Roman eine Spanne von mehreren Jahren übersprungen wird, mit einem dicken Querstrich.*
b) Erläutere, warum es an dieser Stelle einen so großen Zeitsprung gibt. Berücksichtige dabei, mit welcher Lebenssituation Siris das eine Kapitel endet und womit das andere nach dem Zeitsprung dann beginnt.

____

____

____

Siris Leben – Aufbau und Zeitgestaltung darstellen (Teil 2)

Seite

10 – Blueprint: keine erzählte Zeit, die Erzählerin wendet sich an den Leser

20

Doppelgöttin: Siris Zeugung und Geburt

30

40

50

Einklang: Siri als Baby bis zum achten Lebensjahr

60

70

80

90

100

110

120

130

140

150

160

170

„Ego-Klon“ – Die Funktion des Epilogs bestimmen

1 *Untersuche den Inhalt des letzten Kapitels „Ego-Klon (Epilog)“, S. 174–177, indem du in deinem Heft in Stichpunkten die folgenden Fragen beantwortest:*
a) Wer ist Frau Professor Dr. Erika Knieper?
b) Welche wissenschaftlichen Erkenntnisse hat sie bei ihrer Forschung gewonnen?
c) Inwiefern ist Siris Geschichte allgemeingültig für die Geschichte eines Ego-Klons?

2 *Formuliere eine mögliche Erklärung dafür, dass alle Männer und Frauen, die einen Antrag auf Klonierung stellen, Siris Buch lesen sollen.*

____

____

____

____

____

TIPP

Als **Epilog** bezeichnet man das Nachwort eines literarischen Werkes, das sich direkt an den Leser wendet. Meist erfährt er darin, was er aus der Geschichte lernen soll oder wie er die Geschichte zu interpretieren hat. Häufig wird in einem solchen Nachwort auch um Nachsicht des Lesers gebeten.

3 *Informiere dich mit Hilfe des Tippkastens über die Funktion, die ein Epilog haben kann. Erläutere schriftlich, welche Funktion der Epilog in „Blueprint“ hat.*

4 *Neben der inhaltlichen erfüllt der Epilog „Ego-Klon“ auch eine formale Funktion innerhalb des Romans.*
a) Markiere in dem unten stehenden Text die Stellen, in denen die Funktion des Epilogs in „Blueprint“ besonders deutlich wird.
b) Formuliere in deinem Heft einen kurzen Text, in dem du mit eigenen Worten die formale Funktion des Epilogs „Ego-Klon“ erklärst.

Die Handlung in dem Roman „Blueprint. Blaupause“ ist eine erfundene Geschichte, die in der Zukunft spielt. Neben dem eigentlichen Romantext findet sich in dem Buch noch ein umfangreicher Anhang (S. 178–205), der ein Nachwort der Autorin und wissenschaftliche Erläuterungen zum gegenwärtigen Stand der Klonforschung enthält. Durch ihre Hinweise auf die Experten und wissenschaftlichen Studien, die sie bei der Arbeit an ihrem Roman zu Grunde gelegt hat, signalisiert Charlotte Kerner den Leserinnen und Lesern, dass sie ihre Geschichte zwar erfunden hat, diese aber realistisch gestaltet ist und in naher Zukunft Realität werden könnte. Es ist ihr ein wichtiges Anliegen, diese Realitätsnähe zum Ausdruck zu bringen, damit der Roman nicht nur als bloßer Science-Fiction-Roman gelesen wird.
Dieses Anliegen unterstützt auch der Epilog „Ego-Klon“ (S. 174–177). Er stellt eine Verbindung zwischen der aus Siris Sicht erzählten Geschichte und den Sachtexten im Anhang dar, *indem er innerhalb der Romanwelt* den Eindruck erweckt, es handele sich bei dem Erzählten um ein wahres Geschehen. Nicht mehr die Romanfigur Siri, sondern eine Professorin aus Hannover erhält in diesem Epilog das Wort. Ihre Äußerungen bestätigen auf einer anderen, aber gleichwohl fiktionalen Erzählebene die von Siri subjektiv geschilderten Erlebnisse und Gefühle und bilden damit einen Rahmen der eigentlichen Erzählhandlung.
Die besondere formale Funktion des Epilogs liegt also in diesem erzähltechnischen Kniff, mit Hilfe dessen die Wahrheitsnähe der Romanhandlung nicht nur mit einem Nachwort, sondern schon im Rahmen des Romans selbst – fiktiv – beglaubigt wird.

„Blau hat immer zwei Gesichter" – Ein Leitmotiv untersuchen (Teil 1)

1 *Was verbindest du mit der Farbe Blau? Deine Lieblingsfarbe? Blaue Briefe? Fällt dir eine Redewendung mit der Farbe Blau ein? Halte deine Assoziationen in dem Ideenstern fest.*

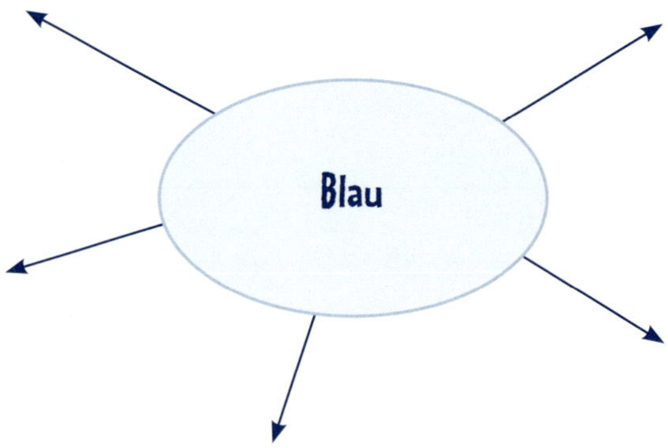

TIPP

Leitmotive sind ähnlich wiederkehrende Bilder oder Wortfolgen, die auf Zusammenhänge, Figuren, Situationen, Gefühle oder Ideen verweisen. Bei einem Leitmotiv kann es sich um stehende Redewendungen, wiederholte Situationen, aber auch Gegenstände oder Farben handeln, die symbolische Bedeutung haben.

2 *Untersuche, in welchen Zusammenhängen die Farbe Blau als Leitmotiv im Roman vorkommt.*
a) Markiere in den folgenden Textauszügen in drei unterschiedlichen Farben die positiven, negativen und eher neutralen Gefühle, die Siri mit der Farbe Blau verbindet.
b) Notiere am Rand, welche Bedeutung die Farbe Blau in der jeweiligen Situation hat.

Ich nenne mich lieber Blueprint. Die Blaupause ist eine Kopie, die ohne Umwege über ein Negativ gewonnen wird und auf einem weißen Grund blaue Linien zeichnet. Blau ist schon immer meine Lieblingsfarbe gewesen und natürlich die von Iris, dieser vermessenen Frau, die sich für eine Göttin hielt. (S. 9 f.)

„Blueprint" als Ersatzwort für „Klon", weil Siri damit (zunächst) etwas Positiveres verbindet

Stolpergefahr mit blauen Beulen, blau wie eine Blaupause, *blue like a blueprint.* (S. 14)

Ich bin traurig heißt: *I feel blue.* Ich bin blau bedeutet auch: Ich bin betrunken. Blau hat immer zwei Gesichter. Bläulich ist das kalte Laborlicht, in dem unsere Beziehung begann. Und blau kann so schön und kitschig sein wie der herrlichste Sommerhimmel oder die blaue Grotte von Capri. Ein *Blueprint* zu sein, hat auch zwei Seiten: Da gibt es Zwillingsschmus und kaltes Kalkül, höchste Liebe und tiefsten Hass. Die Sklaven sangen den Blues, weil sie sich nach Freiheit sehnten. Und auch ich hatte den Blues. Ein echter Zwilling war ich nie gewesen, sondern nur ihr Klon. (S. 96)

In meinem Kinderzimmer hing ein kleiner hölzerner Schaukasten mit einem prächtigen, blauen Caligo-Falter. Oft hatte ich geträumt, als dieser Schmetterling durch die Luft zu segeln mit weit ausgebreiteten, dunkelblauen Schwingen.

„Blau hat immer zwei Gesichter“ – Ein Leitmotiv untersuchen (Teil 2)

Nun war ich in meinem nächtlichen Kopftheater nur noch eine dicke unansehnliche Raupe, die wachsen musste und sich verändern wollte. Wie ein Mensch ein Hemd über den Kopf zieht, so streifte dieses Tier eine Haut nach der anderen ab. Doch wie viele dieser durchscheinenden Hüllen die Raupe auch abwarf, sie fand keine Ruhe, verpuppte sich nicht. Erschöpft kroch sie umher. Ich konnte mich in keinen schönen blauen Schmetterling mehr verwandeln und am Ende nur eintrocknen und zerfallen wie diese dumme, unglückliche Raupe. (S. 102)

Mein wunderschönes blaues Konzertkleid, das sich raffiniert um meine Hüften schmiegte, würde jeden betören und mein Spiel alle in seinen Bann ziehen. (S. 113)

Das blaue Kleid knisterte, als Siri sich verbeugte. Ihr war kalt und heiß und sie schwitzte. [...] In hunderten von Augen war derselbe Blick. Ich spürte die Gier der Normalen nach dem Zwilling, dem Klon. Sie spießten mich auf mit ihren Blicken wie ein Insekt und töteten mich, um mich – wie meinen geliebten blauen Caligo-Falter – in einem gläsernen Schaukasten von allen Seiten betrachten zu können. (S. 115)

Blatt für Blatt nahm Siri sich die „Tautropfen“ vor, schnitt und faltete und klebte die Noten und Notenlinien neu zusammen. Diese Collage übermalte sie mit kräftigen, breiten schwarzen und blauen Pinselstrichen, Kreisen und Kringeln. (S. 133)

Woher nur habt ihr diese verdammte Sicherheit genommen, wir seien lieber geklont als tot? Seid bitte nicht so blauäugig und schließt von euch auf uns *Blueprints*. (S. 137)

Blueprints are true, denn Blau ist die Farbe der Treue. Das blaue Blümelein heißt Vergiss-mein-nicht. Vergiss-mein-nie! Sonst stirbst du, mein Leben! (S. 138)

Charlotte Kerner: Blueprint. Blaupause. © 1999, 2001, 2004 Beltz & Gelberg in der Verlagsgruppe Beltz, Weinheim, Basel

3 *a) An einer Stelle im Roman sagt Siri: „Blau hat immer zwei Gesichter.“ Erkläre, wie diese „zwei Gesichter“ aussehen:*

b) Hat Blau für dich auch zwei Gesichter? Schreibe dazu einen kurzen Text in dein Heft. Du kannst dazu deinen Ideenstern aus Aufgabe 1 (Teil 1 des Arbeitsblatts) nutzen.

4 *Untersuche die Bedeutung des Leitmotivs „Spiegel“ in „Blueprint. Blaupause“. Suche Textstellen, in denen dieses Motiv vorkommt, und erläutere ihren Zusammenhang. Stelle deine Ergebnisse vor.*

Berühmte Zwillingspaare – Lebenssituationen vergleichen

1 *Bildet Dreiergruppen und untersucht gemeinsam die Bezüge auf die berühmten Zwillingspaare, mit denen Siri in „Blueprint. Blaupause“ ihre Situation vergleicht.*

a) Notiert arbeitsteilig in Stichpunkten in der Tabelle, was in dem Roman über die Geschichte des jeweiligen Zwillingspaares erzählt wird und inwiefern die Situation dieses Zwillingspaares mit Siris Situation vergleichbar ist.

b) Stellt euch in der Gruppe gegenseitig eure Arbeitsergebnisse vor und vervollständigt eure Aufzeichnungen in der Tabelle.

	Geschichte des Zwillingspaares	**Bezüge zu Siris Situation**
Chang und Eng  *ullstein bild, Berlin*	S. 134 f.	
Johannes und Lazarus Coloredo 	S. 139 ff.	
Kastor und Pollux  *Giraudon/Bridgeman, Berlin*	S. 172 f.	

2 *Überlegt in der Gruppe gemeinsam, welche Funktion Siris Vergleiche ihrer Situation mit dem Leben der verschiedenen Zwillingspaare haben. Vervollständigt dazu in eurem Heft den folgenden Satz:*
Siri vergleicht ihre Lebenssituation mit dem Leben verschiedener berühmter Zwillingspaare, um zu verdeutlichen, …

Erzengel Gabriel – Intertextuelle Bezüge deuten

1 *Vergleiche die unten stehenden Auszüge aus „Blueprint. Blaupause" mit den Zitaten aus dem Alten und Neuen Testament.*
a) Markiere in den Texten die Stellen, an denen deutlich wird, dass es in „Blueprint. Blaupause" Bezüge auf die Bibel gibt.
b) Unterstreiche die Textstellen, an denen „Blueprint. Blaupause" bei der Formulierung im Detail vom Wortlaut der Bibeltexte abweicht.

„Blueprint. Blaupause"	**Bibel**
Du nanntest Fisher „meinen Erzengel Gabriel", als er dir die Freudennachricht überbrachte. Er hieß tatsächlich Gabriel, dafür stand das G. in seinem Namen. Welch ein Zusammentreffen, wirklich schicksalhaft! „Du bist auserwählt unter den Weibern, und gebenedeit sei die Frucht deiner Gene, Iris. Und siehe, im zehnten Monat des Jahres null wirst du ein Kind gebären." So hätte der Weißkittel-Engel des 21. Jahrhunderts die moderne Jungfrauenzeugung verkündigen sollen und nicht einfach zu dir sagen: „Sie sind schwanger, Frau Sellin, herzlichen Glückwunsch!" (S. 27)	Im sechsten Monat wurde der Engel Gabriel von Gott in eine Stadt in Galiläa namens Nazareth zu einer Jungfrau gesandt. Sie war mit einem Mann namens Josef verlobt, der aus dem Haus David stammte. Der Name der Jungfrau war Maria. Der Engel trat bei ihr ein und sagte: Sei gegrüßt, du Begnadete, der Herr ist mit dir. Sie erschrak über die Anrede und überlegte, was dieser Gruß zu bedeuten hatte. Da sagte der Engel zu ihr: Fürchte dich nicht, Maria, denn du hast bei Gott Gnade gefunden. Du wirst ein Kind empfangen, einen Sohn wirst du gebären: dem sollst du den Namen Jesus geben. (Lk 1,26–31)
Und dann gibt sie auch noch offen zu: „Das war doch ich, die aus dir sprach. Wir sind doch eins." Endlich hat sie begriffen! Es war von Anfang an immer nur sie, die aus mir sprach. Am Anfang war IHR Wort. (S. 51 f.)	Am Anfang war das Wort, und das Wort war bei Gott, und das Wort war Gott. Im Anfang war es bei Gott. Alles ist durch das Wort geworden, und ohne das Wort wurde nichts, was geworden ist. (Joh 1,1–3)
Die Kloner aber handeln nicht aus Liebe, bringen nichts zusammen, sondern spalten. Sie machen aus einem zwei oder vier oder acht ... Sie sind das dritte Geschlecht des dritten Jahrtausends und auch das greift die Götter an und will selbst Schöpfer sein. Denn SIE sprach: Lasst mich einen Menschen machen nach meinem Ebenbild. Im Namen der Mutter, der Tochter und des heiligen Gen-Geistes. (S. 105)	Dann sprach Gott: Lasst uns die Menschen machen als unser Abbild, uns ähnlich. (Gen 1,26) Darum geht zu allen Völkern und macht sie zu meinen Jüngern; tauft sie auf den Namen des Vaters und des Sohnes und des Heiligen Geistes. (Mt 28,19)

Charlotte Kerner: Blueprint. Blaupause. © 1999, 2001, 2004 Beltz & Gelberg in der Verlagsgruppe Beltz, Weinheim, Basel

2 *a) Überlegt unter Lernpartnern, welche Funktion die Bezüge auf die Bibel in „Blueprint. Blaupause" haben. Kreuzt die richtige Antwort an.*
b) Begründet eure Entscheidung schriftlich.

- ☐ Die Bibelzitate sollen verdeutlichen, dass Siri wie ein Geschenk Gottes ist, das von dem schöpfergleichen Mortimer G. Fisher und der göttlichen Iris erschaffen wurde.
- ☐ Durch die Bibelzitate wird Kritik daran geübt, dass Iris und Mortimer G. Fisher sich als Engel bzw. Schöpfer aufspielen und sich zu Göttern machen – eine Rolle, die ihnen als Menschen nicht zusteht.
- ☐ Die Bibelzitate sollen zeigen, dass Fisher so hilfsbereit wie ein Engel ist und das Klonen von Siri eine gottgewollte Entscheidung ist.
- ☐ Über die Bibelzitate erkennen die Leserinnen und Leser, dass Siri sehr religiös ist.

Klonforschung – Sachtexten Informationen entnehmen (Teil 1)

1 *a) Markiere im Text über das Klonen die Stellen, die zentrale Aspekte oder Informationen enthalten.*
b) Schreibe die Buchstaben der folgenden Teilüberschriften neben die passenden Absätze.

A Das Klonen weiterer Tiere | *B Dolly: das erste geklonte Säugetier*

C Gesetzliche Regelungen zum Klonen | *D Erbgut wird „auf null gestellt"*

E Das Klonen von Menschen | *F Die Reprogrammierung*

c) Formuliere in deinem Heft zu jedem Absatz einen Satz, der den Inhalt zusammenfasst.

Claudia Eberhard-Metzger: Von Dolly zu iPS – Klonexperimente und Stammzellforschung

An einem Sommernachmittag des Jahres 1996 wurde in einem Stall unweit des Roslin Institute in Midlothian, Schottland, ein Lamm geboren. Es erhielt den Namen „Dolly" und wurde das berühmteste Tier der Welt. Dolly war im Labor ungeschlechtlich aus der Körperzelle eines sechs Jahre alten Schafes hervorgegangen. Ein derartiges Lebewesen, das nicht neu kombiniert, sondern nur kopiert ist, nennen Biologen einen „Klon". [...] Einer Eizelle, der zuvor das eigene Erbmaterial entfernt worden ist, wird der Kern einer Körperzelle übertragen. [...] Das Anfangsprozedere wiederholten Ian Wilmut und Keith Campbell erstaunliche 277 Mal. Einer ihrer Versuche gelang: Nach einer normalen Tragzeit kam Dolly am 5. Juli 1996 zur Welt, gesund und munter, liebenswert und zutraulich – der eineiige Zwilling des Schafes, das den Zellkern der Milchdrüsenzelle gespendet hatte. [...]

Das Schaf Dolly war der Beweis auf vier Beinen, dass das Undenkbare doch möglich war. Das Erbgut im Kern der ausgereiften Milchdrüsenzelle war wieder auf null gestellt. [...]

Dem weltberühmten Schaf folgten rasch weitere Lebewesen, die von Wissenschaftlern nach der „Dolly-Methode" geklont wurden, darunter Mäuse, Kaninchen, Schweine und Ziegen, Rinder und Pferde. [...]

Zu Beginn des Jahres 2008 meldeten US-amerikanische Forscher, die „Dolly-Methode" erfolgreich auf den Menschen übertragen zu haben: Aus einer Hautzelle klonten sie einen menschlichen Embryo, der bis zum Stadium der „Blastozyste" mit 41 bis 72 Zellen heranreifte – so weit hat sich bisher kein geklonter menschlicher Embryo entwickelt. Diese [...] Nachricht entfachte erneut die Diskussionen darüber, ob nicht auch das „therapeutische Klonen" von Menschen erlaubt sein sollte. [...] Ein Lebewesen wird einzig geschaffen, um Zellen zu gewinnen, die als Medikament dienen sollen, als Ersatz für kranke oder verbrauchte Zellen. Der Embryo ist bei diesem Eingriff etwa vier bis sieben Tage alt, hat eine äußere Hülle und eine innere Zellmasse und besteht aus insgesamt etwa 150 bis 200 Zellen. Würden die wertvollen Stammzellen nicht entnommen, könnte sich der Embryo zu einem Menschen entwickeln. [...]

In Deutschland hat der Gesetzgeber das therapeutische Klonen von menschlichen Embryonen verboten, in anderen Ländern, etwa in Großbritannien, ist es erlaubt. [...]

Einen Weg aus diesem Dilemma weist ein neues Verfahren, die „Reprogrammierung". Dazu braucht man weder eine Eizelle, noch muss ein Embryo zerstört werden. Es genügt ein Stückchen Haut – und eine Gentherapie, welche die Zellen verjüngt. [...] Mit anderen Worten: Die eingeschleusten Genmanager schalten die Zellen auf Neustart. Damit entsteht eine „ethisch[1] unbedenkliche" Stammzelle, [...] kurz iPS genannt. [...] Solche Zellen, hoffen die Wissenschaftler, können eines Tages beliebig herangezüchtet und in der Medizin verwendet werden, um beschädigtes Körpergewebe zu reparieren.

[1] **ethisch:** sittlich, nach moralischen Grundsätzen

Claudia Eberhard-Metzger: Von Dolly zu iPS – Klonexperimente und Stammzellforschung.
In: Charlotte Kerner (Hrsg.): Die nächste GENeration. Science + Fiction. Weinheim/Basel: Beltz & Gelberg 2009, S. 152–164

Klonforschung – Sachtexten Informationen entnehmen (Teil 2)

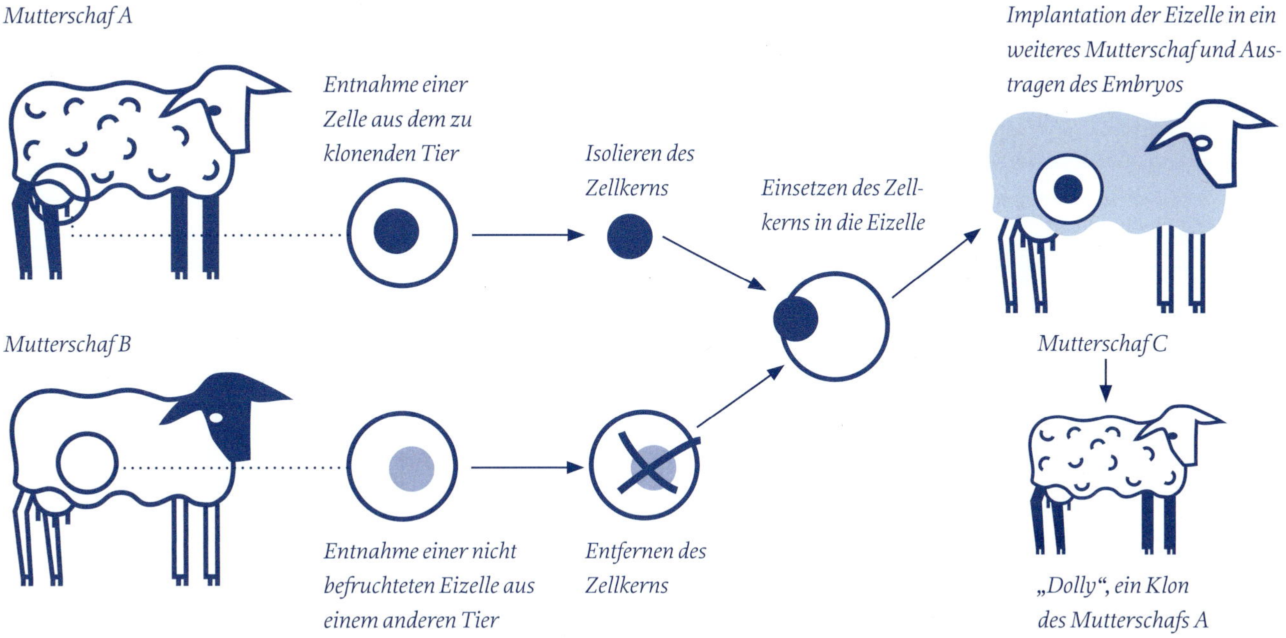

2 *a) Die Entstehung des Klonschafs Dolly wird oben durch eine Grafik dargestellt. Schreibe in dein Heft einen Text, in dem du Dollys Entstehung erklärst.*

b) Stellt euch in der Klasse eure Texte gegenseitig vor. Überlegt gemeinsam, ob sich Dollys Entstehung besser durch eine Grafik oder durch einen Text erklären lässt.

Auszug aus dem Embryonenschutzgesetz (EschG):

§ 5

Künstliche Veränderungen menschlicher Keimbahnzellen

(1) Wer die Erbinformation einer menschlichen Keimbahnzelle künstlich verändert, wird mit Freiheitsstrafe bis zu fünf Jahren oder mit Geldstrafe bestraft.
(2) Ebenso wird bestraft, wer eine menschliche Keimzelle mit künstlich veränderter Erbinformation zur Befruchtung verwendet.
(3) Der Versuch ist strafbar.
(4) Absatz 1 findet keine Anwendung auf
1. eine künstliche Veränderung der Erbinformation einer außerhalb des Körpers befindlichen Keimzelle, wenn ausgeschlossen ist, dass diese zur Befruchtung verwendet wird,
2. eine künstliche Veränderung der Erbinformation einer sonstigen körpereigenen Keimbahnzelle, die einer toten Leibesfrucht, einem Menschen oder einem Verstorbenen entnommen worden ist, wenn ausgeschlossen ist, dass
a) diese auf einen Embryo, Fötus oder Menschen übertragen wird oder
b) aus ihr eine Keimzelle entsteht, sowie
3. Impfungen, strahlen-, chemotherapeutische oder andere Behandlungen, mit denen eine Veränderung der Erbinformation von Keimbahnzellen nicht beabsichtigt ist.

§ 6

Klonen

(1) Wer künstlich bewirkt, dass ein menschlicher Embryo mit der gleichen Erbinformation wie ein anderer Embryo, ein Fötus, ein Mensch oder ein Verstorbener entsteht, wird mit Freiheitsstrafe bis zu fünf Jahren oder mit Geldstrafe bestraft.
(2) Ebenso wird bestraft, wer einen in Absatz 1 bezeichneten Embryo auf eine Frau überträgt.
(3) Der Versuch ist strafbar.

3 *a) Lies den Auszug aus dem Gesetzestext und kläre dir unbekannte Begriffe.*

b) Arbeite heraus, welche Handlungen im Zusammenhang mit menschlichen Embryonen in Deutschland unter Strafe gestellt sind.

4 *Diskutiert in der Klasse den Umstand, dass das therapeutische Klonen von Embryonen in Deutschland verboten, in anderen Ländern aber erlaubt ist. Wie würdet ihr entscheiden?*

Siris „Wahrheit" – Die Erzählweise analysieren (Teil 1)

1 *Überlege, was du beachtest, wenn du von einem Erlebnis berichtest und dabei nur die Wahrheit erzählen möchtest. Vervollständige den folgenden Satz:*

Wenn ich die Wahrheit erzähle, bedeutet das, dass ich ____________________

____

____

2 *a) Markiere im folgenden Textauszug aus „Blueprint. Blaupause" die Stellen, in denen deutlich wird, was Siri unter Wahrheit versteht.*

b) Formuliere in deinem Heft einen kurzen Text, in dem du erklärst, wie sich deine und Siris Vorstellung von Wahrheit unterscheiden.

Was ich aufschreiben will, ist ganz radikal nur meine Geschichte unseres Lebens: Siris Geschichte. Trotzdem bemühe ich mich, die Wahrheit zu schreiben. Doch was ist das schon, die Wahrheit? Wahr ist, was Iris mir erzählt oder mein medizinischer „Vater" mir geantwortet hat, als ich ihn später traf und mit ihm gesprochen habe.

Wahr meint aber zuallererst und vor allem das, an was ich mich erinnere. Also erwartet keine normale Biografie. Denn wahr ist auch das, was ich als Zwillingsschwester, als Iris-Klon, hinter den Fakten erfühle. Und weil wir doch immer schon ein Herz und eine Seele waren – und vielleicht auch noch sind –, kann ich ganz leicht in Iris' Haut und Hirn schlüpfen. Als Klon kann ich schließlich Iris oder Siri sein oder ich bin uns beide gleichzeitig. Manchmal steige ich auch einfach aus und werde jemand Drittes, der die Geschichte von Iris und Siri erzählt.

Charlotte Kerner: Blueprint. Blaupause. © 1999, 2001, 2004 Beltz & Gelberg in der Verlagsgruppe Beltz, Weinheim, Basel, S. 11 f.

3 *Informiere dich mit Hilfe des Tippkastens über Erzählformen, Erzählverhalten und Darbietungsformen. Unterstreiche im Textauszug die Stellen, an denen deutlich wird, dass Siri sowohl als personale als auch als auktoriale oder neutrale Erzählerin auftreten wird, und unterschlängele die Stellen, die andeuten, dass es erzählende und kommentierende Textpassagen geben wird.*

TIPP

Um sich bei der Interpretation eines epischen Textes ein möglichst genaues Bild vom Erzähler zu machen, kann man **Erzählform, Erzählverhalten** und **Form der Darbietung** analysieren.

Erzählformen:
- Er-/Sie-Form: Der Erzähler ist der Vermittler der Geschichte.
- Ich-Form: Der Erzähler erscheint gleichzeitig als erlebende und erzählende Figur und lässt so die Leserinnen und Leser an seiner Geschichte teilhaben.
- Du-Form: Der Erzähler spricht eine Figur direkt an.

Erzählverhalten:
- Ein personaler Erzähler erzählt aus der Perspektive einer der handelnden Figuren. Er versetzt sich in ihr Innerstes und schildert, was die Figur denkt oder fühlt.
- Der auktoriale Erzähler weiß mehr als die handelnden Figuren und kann die gesamte Handlung sowohl rückblickend als auch in die Zukunft hinein überblicken. Er kann die Handlungsweise von Figuren erklären, kommentieren und bewerten und die Leser/innen durch Vorausdeutungen leiten.
- Der neutrale Erzähler beschreibt und berichtet Fakten und Vorgänge sachlich.

Darbietungsformen:
- Erzählbericht: Der Erzähler vermittelt den Erzählgegenstand.
- Kommentar: Der Erzähler kommentiert das Geschehen.
- Figurenrede: Der Erzähler lässt die Figuren zu Wort kommen, z. B. durch Verwendung der direkten oder indirekten Rede, durch innere Monologe oder erlebte Rede.

Siris „Wahrheit" – Die Erzählweise analysieren (Teil 2)

4 *Analysiere die Erzählweise in den folgenden Textauszügen aus dem Kapitel „Doppelgöttin". Benenne unter den Texten jeweils die Erzählform, das Erzählverhalten und die Darbietungsform. Berücksichtige dabei die Informationen aus dem Tippkasten (Teil 1 des Arbeitsblatts).*

Text 1: Dass ich einer der ersten Menschenklone bin und noch dazu eine der Ersten unserer Art, die erwachsen geworden sind und überlebt haben, sieht man mir natürlich nicht an. Äußerlich wirke ich ganz normal, sehe aus und rede wie jeder Einling. Der Horror spielt sich innen ab und der beste Horror war schon immer der von der unsichtbaren Sorte. (S. 11)

Ich-Form

Text 2: Sie hatte das ehrliche Entsetzen auf dem Gesicht des Forschers erwartet und in dieses Entsetzen hinein fragte sie: „Wollen Sie mir helfen?" Diese Frage hatte Fisher nicht erwartet, aber er ließ sich seine Unsicherheit nicht anmerken. Mit seiner ruhigen Arztstimme schuf er geübt Distanz, um sich zu fassen: „Aber Frau Sellin, Sie wissen doch so gut wie ich, dass es weder ein wirkliches Medikament noch eine Gentherapie gegen diese Krankheit gibt." (S. 17)

Text 3: Müsste ich dich nicht allein dafür lieben, Mutter? Du wolltest mich in dir wachsen lassen und nicht in einer Fremden. Dein Leben für mich riskieren. Doch es war ein kühl kalkuliertes Risiko, Schwester, das du eingegangen bist. Es war nicht Liebe, die mich in die Welt brachte. Nie gab es eine unvernünftige, verrückte, schöne Liebe, sondern nur Eigennutz, der mich entstehen ließ. Ich war dein Überlebensplan. (S. 20 f.)

Text 4: Am Vormittag des 7. Januar im Jahr null dirigierte Mortimer G. Fisher eigenhändig das Telemikroskop mit den beiden Joysticks in die Ruheposition. Die Laboruhr zeigte 10 Uhr 45. Er selbst hatte die entkernte Eizelle mit dem reinen Iris-Programm bestückt. (S. 22)

Charlotte Kerner: Blueprint. Blaupause. © 1999, 2001, 2004 Beltz & Gelberg in der Verlagsgruppe Beltz, Weinheim, Basel

5 *Erläutere mit Hilfe der passenden Wendungen aus dem Wortspeicher die Wirkung der unterschiedlichen Erzählweisen. Vervollständige dazu in deinem Heft die folgenden Sätze:*
Die personalen, kommentierenden Erzählpassagen in der Ich-Form bewirken, dass …
Durch die neutralen oder auktorialen Erzählberichte in der Er-/Sie-Form …
Die personalen Kommentare in der Du-Form …

WORTSPEICHER

Gefühle und Gedanken Siris werden unmittelbar zum Ausdruck gebracht – Geschichte wirkt objektiver – Eindruck, dass Siri auch die Gedanken und Gefühle ihrer Mitmenschen genau kennt – Identifikation mit Siri – Erzeugung von Distanz – Siris Haltung gegenüber ihrer Mutter deutlich zum Ausdruck bringen

6 *a) Prüfe unter Berücksichtigung deiner Analyseergebnisse aus Aufgabe 4 und 5, inwiefern auf Grund der Erzählweise der Eindruck entsteht, dass Siri die Wahrheit erzählt. Notiere die Ergebnisse in deinem Heft.*
b) Erläutere schriftlich in deinem Heft, ob man tatsächlich davon sprechen kann, dass Siri – gemäß ihrer Definition – die Wahrheit erzählt. Kennt Siri wirklich Iris' Gedanken?

„Muzwi" – Die sprachliche Gestaltung untersuchen

1 *a) Lies die Romanauszüge und charakterisiere in der zweiten Spalte der Tabelle mit Hilfe der folgenden Begriffe den jeweiligen Sprachgebrauch.*
- ☐ *metaphorisch-bildhafte Sprache*
- ☐ *Gebrauch von Neologismen (Wortneuschöpfungen)*
- ☐ *Verwendung von Fachsprache oder Anglizismen*
- ☐ *Erfindung polemischer (provokativer) Wortspiele*

b) Erläutere in der dritten Spalte der Tabelle jeweils die Wirkung des Sprachgebrauchs.

Textauszug	Sprachgebrauch	Wirkung
Text 1: Für mich war es kein Spaß mehr: Raus aus der *virtual reality* deines Gehirns und rein in die Wirklichkeit deines Bauchs. In dem Programm Iris-Siri gab es weder den Befehl *tilt* noch die Taste *escape*. Da war kein Entrinnen für mich. Aus Iris wurde unaufhaltsam Siri. (S. 26)	Anglizismen	
Text 2: So hart und kalt warst du, so hart wie Stein bin auch ich. Und wenn man uns fallen lässt, zerbrechen wir. Als du starbst, hast du mich fallen gelassen. Jetzt bin ich ein Scherbenhaufen. (S. 30)		Verdeutlichung von Siris Gefühlen: sie fühlt sich von ihrer gefühlskalten Mutter verletzt, zerstört
Text 3: Die Veröffentlichung war mit den mikroskopischen Fotos des Zellkerntausches bebildert gewesen, es folgten die Monitorbilder des zwei-, vier- und achtzelligen Klons, dann die ersten Ultraschallbilder des eingenisteten Fötus. (S. 47)		
Text 4: „Dann bist du mein Muzwi!", rief Siri und klatschte in die Hände. „Wie bitte?" „Mein Mutterzwilling! Muzwi, Muzwi", trällerte Siri. „Daran könnte ich mich sogar gewöhnen, das klingt ganz lustig." „Und ein Klon-Junge hat dann einen Vazwi!" (S. 72)		
Text 5: Manchmal war mir auf unerklärliche Weise unwohl, aber die Regeln des Klonopoly durchschaute ich noch nicht. Ich tat, was du mir auftrugst. Ziehen Sie bitte eine Ereigniskarte! Darauf stand: Ich will eine große Pianistin werden. (S. 73)		
Text 6: Sprecht besser nicht mehr vom Klonen oder von uns Klonen, sprecht von *Missbrut*! Dieses Wort ähnelt dem Begriff Missbrauch und genau das ist beabsichtigt. (S. 103)		

Charlotte Kerner: Blueprint. Blaupause. © 1999, 2001, 2004 Beltz & Gelberg in der Verlagsgruppe Beltz, Weinheim, Basel

2 *a) Suche zwei weitere Textstellen aus dem Roman heraus, in denen du sprachliche Auffälligkeiten findest, und bestimme deren Wirkung.*

b) Tauscht eure Arbeitsergebnisse unter Lernpartnern aus und prüft, ob Sprachgebrauch und Wirkung richtig erkannt wurden.

Zu viele Leerstellen? – Die Literaturverfilmung bewerten (Teil 1)

1 *2003 wurde „Blueprint. Blaupause" von Rolf Schübel verfilmt.*

a) Lies die Filmrezension von Oliver Hüttmann und markiere die Stellen, an denen die Kritik des Autors besonders deutlich wird.

b) Formuliere in deinem Heft in eigenen Worten, was Hüttmann an dem Film negativ beurteilt.

Oliver Hüttmann: „Blueprint". Der traurige Klon (2004)

Das Klonen selbst und die Folgen daraus für die Gesellschaft kümmern Schübel nicht. Der Skandal wird mit zwei Sätzen und drei, vier Pressefotografen vor der Villa abgehakt. Man muss nicht unbedingt einen Thriller drehen, um die Brisanz thematisieren zu können. Aber so hinterlässt „Blueprint" einfach zu viele Leerstellen, die er selbst im schludrigen Schnitt nicht aufzufangen vermag und mit den Sprüngen zwischen Vergangenheit und Gegenwart nur noch vergrößert.

Kurioserweise spiegelt sich das auch im Spiel von Franka Potente wider: Als Iris ist sie brillant, betont jedes Wort mit dem Eigensinn dieser verblendeten Person. Hier hat auch Schübel die besten Momente geschaffen. Aber mit Siri kann Potente so wenig anfangen, wie man Mitgefühl für ihr Schicksal hat. Da wird „Blueprint" zu einer überambitionierten Rosamunde-Pilcher-Kopie, wirkt die Tragik larmoyant[1] und die Gestik hölzern, klingt jeder Satz banal. [...] Schübel ist kein Dramatiker, sondern ein beflissener Nachbuchstabierer von melodramatischer[2] Einfalt. Dafür hätte er den Klon-Stoff nicht gebraucht.

Aus: SPIEGEL ONLINE, 1. Januar 2004, 18:06 Uhr

[1] **larmoyant:** weinerlich, rührselig
[2] **melodramatisch:** rührselig, schaurig (oft abwertend)

TIPP

In einem **Roman** können mit Hilfe von Worten und Sätzen über viele Seiten die Gefühle einer Figur beschrieben werden. In einem **Film** stehen im Gegensatz dazu Bilder im Vordergrund, die mit Hilfe der **Filmsprache** den inneren Zustand einer Figur deutlich machen sollen.
Die **Kamera** übernimmt dabei die **Funktion der Erzählerin:** Durch unterschiedliche **Einstellungsgrößen** (Weit, Totale, Halbtotale, Halbnah, Nah, Groß, Detail), **Perspektiven** (Normalsicht, Vogel- oder Froschperspektive) und **Kamerabewegungen** (Kamerafahrt und Kameraschwenk) wird die Haltung zum gezeigten Geschehen, zu den Filmfiguren oder zu bestimmten Gegenständen, die auch eine symbolische Bedeutung haben (auf einen allgemeinen Sinnzusammenhang verweisen) können, verdeutlicht.

2 *Untersucht in Vierergruppen arbeitsteilig die vier Szenen auf Teil 2 des Arbeitsblatts. Haltet eure Arbeitsergebnisse in eurem Heft fest.*

a) Fasst mit eigenen Worten den Inhalt zusammen und ordnet die Szene in die Handlung ein.

b) Erklärt die Wirkung auffälliger filmischer Gestaltungsmittel. Beachtet dabei neben der Wirkung der Einstellungsgrößen z. B. zu Szene

A: den Gesichtsausdruck von Mutter und Tochter, die symbolische Bedeutung des Spiegels, des Nasenblutens und des „Klonsterns",

B: die symbolische Bedeutung der Sandkörner, Siris Gesichtsausdruck und den Text,

C: die symbolische Bedeutung des Nasenblutens und des (zerschlagenen) Spiegels,

D: die symbolische Bedeutung des Muttermals, den Wandel von Siris Gesichtsausdruck.

c) Stellt euch gegenseitig eure Arbeitsergebnisse vor und vervollständigt eure Aufzeichnungen.

d) Überlegt gemeinsam, welche Gefühle Siris mit Hilfe der Filmsprache in den einzelnen Szenen vermittelt werden. Formuliert zu jeder Szene einen Satz.

3 *Die vier Szenen kommen im Roman so nicht vor oder wurden stark verändert.*

a) Benenne wesentliche Unterschiede, die dir auffallen.

b) Erkläre schriftlich, warum der Filmemacher diese Veränderungen vorgenommen hat. Berücksichtige dabei die Informationen aus dem Tippkasten.

Zu viele Leerstellen? – Die Literaturverfilmung bewerten (Teil 2)

A: Siris erster gemeinsamer Auftritt mit ihrer Mutter [01:00:36–01:03:46]

SIRI und IRIS in der Garderobe des Konzerthauses. SIRI hat Nasenbluten.
IRIS: *Du musst doch keine Angst haben. Die Proben waren perfekt. Das Publikum wird dich lieben. Vielleicht sogar mehr als mich.*
[...] Nach dem Konzert erhalten IRIS und SIRI tosenden Applaus. SIRI heftet sich den „Klonstern" an.

B: Siri, nachdem sie durch Kristian abgewiesen wurde [01:11:56–01:12:12]

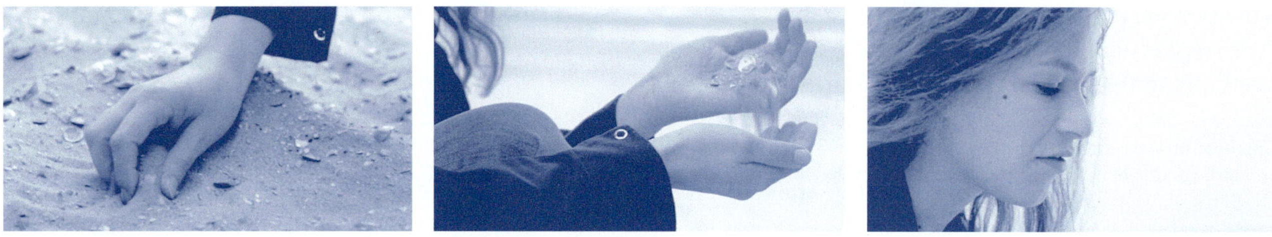

SIRI befindet sich gemeinsam mit ihrer Mutter am Meer. Sie lässt sich den Sand durch die Finger rieseln.
SIRI: *Ich glaube, es gibt nicht mal zwei Sandkörner, die vollkommen gleich sind. Ist das nicht ein Wunder?*

C: Siris erstes Konzert alleine [01:14:16–01:16:52]

SIRI sitzt am Flügel und spielt. Plötzlich tropft Blut aus ihrer Nase auf die Tastatur. Sie beendet das Spiel und läuft in die Garderobe. SIRI sitzt vor dem Spiegel und hört, dass IRIS nun am Flügel spielt. Sie nimmt eine Glasschale und zerschlägt den Spiegel.

D: Siri, nach dem Besuch ihrer Mutter in Hamburg [01:25:07–01:26:10]

SIRI sitzt vor dem Spiegel. Sie nimmt ein Skalpell und entfernt sich ihr Muttermal.

Szenenfotos: © RELEVANT FILM Produktionsgesellschaft, Hamburg

4 *Verfasse einen Leserbrief an SPIEGEL ONLINE, in dem du zu Oliver Hüttmanns Kritik Stellung nimmst. Du kannst dich seiner Meinung vollständig anschließen, ihm teilweise zustimmen oder ihm völlig widersprechen.*

Getroffen? – Eine Rezension des Romans beurteilen

1 *Lies die Rezension des Romans „Blueprint. Blaupause". Markiere verschieden die Textstellen,*
- ☐ *die über den Inhalt des Romans informieren,*
- ☐ *in denen die Erzählstrategie charakterisiert wird,*
- ☐ *die den Roman bewerten.*

Renate Grubert: Schöne neue Welt. Ein menschlicher Klon erzählt (1999)

Die hochbegabte Pianistin und Komponistin Iris Sellin ist gerade dreißig Jahre alt, als sie erfährt, dass sie unheilbar an Multipler Sklerose erkrankt ist. Die Diagnose löst nur kurzzeitig einen Schock aus. Dann handelt Iris Sellin: Sie lässt sich klonen, um ihr Können weiterzugeben. Das medizinische Experiment glückt. Siri, Tochter und Zwillingsschwester zugleich, wird wie jeder normale „Einling" geboren, wächst unauffällig heran. Tatsächlich entfaltet Tochter Siri nicht nur dasselbe musikalische Talent wie der Mutter-Zwilling, „Muzwi" genannt, sondern wird ihrem Klon-Original mit den Jahren auch äußerlich absolut identisch. Entwirft Charlotte Kerner hier ein „Monster", wie Oma Katharina, Mutter und Großmutter von Iris-Siri, das Ergebnis des medizinischen Experiments in hemmungsloser Wut nennt? Schon früh wirkt die alte Dame als Katalysator des beim Lesen anlaufenden Denkprozesses. Nein, hier entsteht kein Monster, sondern ein Mensch, denn: Innerlich gelingt die Doppelung nicht. Siri empfindet sich mehr und mehr als Iris-Kopie, als „Du", nicht als „Ich". Erst mit dem Tod des Muzwi wird die Suche nach der eigenen Identität möglich. Indem Siri den Bericht *Blueprint* – Blaupause schreibt, reflektiert sie, was da wirklich mit ihr passiert.

Charlotte Kerner lässt Siri nicht alles selbst notieren. Sprunghaft-unvermittelt wechselt der erzählerische Blickwinkel, schafft so gekonnt Parallelen zur Gefühlswelt von Iris-Siri, schaut mal von außen auf den reinen Handlungsablauf, schwenkt dann auf die psychologische Sicht der Dinge, flicht selbst erzählte Abschnitte ein und schafft auf diese Weise gekonnt Parallelen zu den Gefühlswelten von Iris-Siri. Hat man die anfängliche Irritation ob der launenhaft wirkenden Schreibweise einmal überwunden, begreift man schnell, wie ungemein präzise hier – anhand der Empfindungsmuster der beiden nur scheinbar identischen Hauptakteurinnen – über die gesamte Problematik des Klonens nachgedacht wird. Lesend wächst man so perfekt in diese Doppelung hinein, dass am Ende tatsächlich nur die Frage nach der Individualität, oder besser: der Exklusivität jedes einzelnen Menschen, stehen kann.

Charlotte Kerner entwirft mit „Blueprint" nicht zum ersten Mal einen Science-Fiction-Roman. Auch „Geboren 1999" entwickelte auf der Basis aktueller wissenschaftlicher Erkenntnisse eine nur knapp in die Zukunft verschobene Vision. „Blueprint" zeigt ähnliche Methodik, das heißt: verzichtet auf das Ausformen eines eigentlichen Horror-Szenariums. Die beängstigende Wirkkraft resultiert aus den uns gegenwärtigen Fakten, wurzelt in der Jetzt-Zeit. Dass Charlotte Kerner nicht nur „das Mögliche weitergedacht hat", wie sie im Nachwort zum Roman sagt, sondern das komplizierte Thema in ein faszinierendes Stück Literatur einbettet, ist für die Problematik als solche ein großes Glück: Auf diese Weise lässt man sich gern zum Überlegen anregen.

Süddeutsche Zeitung vom 24. 3. 1999 (Literaturbeilage zur Leipziger Buchmesse 1999)

2 *Beurteile die Rezension in Bezug auf folgende Aspekte:*
- ☐ *Inhalt des Romans: Wurden die wesentlichen Gesichtspunkte des Romans benannt?*
- ☐ *Erzählstrategie: Ist die Erzählstrategie treffend charakterisiert worden?*
- ☐ *Bewertung des Romans: Wird die Qualität des Romans logisch nachvollziehbar bewertet?*

Fertige dir zu den Aspekten in deinem Heft Notizen an.

3 *Schreibe eine eigene Rezension zu „Blueprint. Blaupause" in dein Heft.*

TIPP

Eine **Rezension** ist eine kritische Besprechung eines Werks. Sie sollte zunächst kurz den Inhalt des Romans wiedergeben. Die Rezension informiert über sprachliche oder thematische Besonderheiten des Buches. Sie stellt Vorzüge und Nachteile des Werks vor, die nachvollziehbar begründet werden, und schließt mit einem Gesamturteil über das Buch.

Name: **Klasse:** **Datum:**

Einen Romanauszug analysieren

Was habe ich eigentlich?, fragte sich die alte Frau oft. Warum kann ich sie nicht wie jede andere Oma einfach lieb haben. Es war doch unwichtig, wie und warum Siri auf der Welt ist. Sie ist da und gesund und munter.

Die Kleine erinnerte Katharina Sellin natürlich an „ihre" Iris, als sie noch ein Kind war. Doch solche äußerlichen Übereinstimmungen gab es schließlich in vielen Familien. Und wenn Iris und Siri sich noch etwas ähnlicher waren, warum sich darüber aufregen? So hatte sich Katharina Sellin zu beruhigen versucht.

Aber als sie nun Siri am Klavier sitzen sah, in derselben Haltung wie Iris vor dreißig Jahren, und als sie hörte, dass Siri dieselbe Bachfuge spielte, die immer auch das Lieblingsstück ihrer Tochter gewesen war – da begriff sie zum allerersten Mal, dass es diese Tochter tatsächlich zwei Mal gab: Die fünfjährige Iris spielte Klavier und saß als erwachsene Frau von sechsunddreißig Jahren neben ihr.

Wenn die beiden ein und dieselbe Person waren, dann war sie doch auch die Mutter der beiden, und ihr toter Mann war der Vater nicht nur von Iris, sondern auch von Siri. Der Vater einer Tochter, die nach seinem Tod geboren worden war! Diese Gedanken machten Katharina Sellin schwindeln.

Das Kind am Klavier spielte nicht nur mindestens so gut wie Iris in diesem Alter, sondern fast besser. Katharina Sellin drückte die Hände auf den Mund, als wollte sie einen Schrei ersticken. Mühsam beherrschte sie sich. Trotzdem merkte Siri, dass etwas Ungewohntes mit der Oma passierte, weil diese plötzlich so laut schnaufte, sich erst an den Mund und dann an den Hals griff. Sie schauten sich an, ganz kurz, und Siri erschrak, wie feindselig die Augen ihrer Oma funkelten.

„Monster", zischte Katharina Sellin, dann hatte sie sich wieder fest im Griff. [...]

„Hast du mich oder sie gemeint, als du Monster gesagt hast?", fragte Iris, als Siri endlich schlief und sie am späten Abend mit ihrer Mutter allein war. [...]

„Euch beide!" Die Stimme Oma Katharinas klang angewidert. Dem Mädchen hinter der Tür zog sich der Bauch zusammen.

„Das musst du mir schon etwas genauer erklären", forderte Iris.

„Du hast mir alles genommen", sagte Katharina. „Du hast nicht nur an meiner Stelle Karriere gemacht, nun zerstörst du auch noch meine Erinnerung an die kleine Iris, die mir ganz alleine gehört hat, nur mir."

„Ich habe dir nie gehört!", warf Iris ein.

„Dieser verdammte Klon entwertet alles, was mir wichtig gewesen ist, mein ganzes Leben, und das ist allein dein Werk."

Katharinas Stimme zitterte. „Deshalb werde ich Siri niemals lieben können und manchmal hasse ich sogar dich, dass du mir das angetan hast." Dann fügte sie noch hinzu: „Auch du wirst es noch bitter bereuen. Sie wird dich zerstören und nicht retten. Vielleicht wird sie sogar die bessere Klavierspielerin sein. Auf jeden Fall ist sie noch herzloser, ich habe sie durchschaut. Schließlich bin auch ich ihre Mutter. Hast du dir das schon einmal überlegt, Iris?" [...]

Iris lachte hart auf. „Mein Gott, Mutter, was sollen diese Verwünschungen? Du warst doch sonst nie so leicht zu treffen. Seit Siri auf der Welt ist, heilt sie mich. Aber du hast mich schon immer krank gemacht mit deinem Neid, deinem Ehrgeiz und deiner Missgunst. Nur ich bin Siris Mutter, du niemals!"

„Alles, was du bist – vergiss das nicht –, verdankst du mir, mir allein ..."

Iris fiel ihr ins Wort: „Bitte nicht schon wieder!"

„Dann gehe ich wohl besser", sagte Katharina Sellin und stand auf.

Charlotte Kerner: Blueprint. Blaupause. © 1999, 2001, 2004 Beltz & Gelberg in der Verlagsgruppe Beltz, Weinheim, Basel, S. 53–56

1 *Ordne den Textauszug in den inhaltlichen Zusammenhang der Handlung ein, indem du knapp darstellst, wie alt Siri ist und was vor und nach dem Treffen mit der Großmutter passiert.*

2 *Stelle die Haltungen von Iris und ihrer Mutter gegenüber Siri dar. Berücksichtige dabei, was sich aus dem Gespräch auf das Verhältnis von Katharina zu ihrer Tochter schließen lässt.*

3 *In dem Gespräch prophezeit die Großmutter Iris: „Sie wird dich zerstören und nicht retten." Iris entgegnet: „Seit Siri auf der Welt ist, heilt sie mich." Beurteile mit Blick auf den gesamten Roman, ob bzw. inwiefern den Aussagen Iris' und ihrer Mutter zuzustimmen ist. Begründe deine Meinung.*

Name: **Klasse:** **Datum:**

Einen Sachtext untersuchen

Sigrid Graumann/Andreas Poltermann: Fortpflanzungs-Klonen (2004)

Severino Antinori und Panayiotis Zavos[1] behaupten, mit Hilfe des Klonens ungewollt kinderlosen Paaren zu Nachwuchs verhelfen zu wollen. Doch dafür, so lautet angesichts der Risiken und der geringen Erfolgsaussichten des Klonens einer der Haupteinwände, stehen mit den Methoden der In-vitro-Fertilisation[2] oder auch der Adoption weit weniger fragwürdige Wege offen. Mit sehr großer Wahrscheinlichkeit würden geklonte Babys mit schweren gesundheitlichen Schäden auf die Welt kommen. Möglicherweise würden sie auch das „genetische Alter" ihres Zwillings erben und entsprechend kürzer leben. Sei der Wunsch nach einem biologisch eigenen Kind auch noch so groß, auf der Grundlage des heutigen naturwissenschaftlich-medizinischen Erkenntnisstandes ist das Fortpflanzungs-Klonen wissenschaftlich und ethisch nicht vertretbar. So weit herrscht Einigkeit.

Aber, gesetzt den Fall, die Erfolgsquoten ließen sich entscheidend verbessern, die Entwicklung der geklonten Babys besser kontrollieren und die Risiken erheblich vermindern, gilt der Einwand dann auch noch? [...]

Die Argumente gegen das Fortpflanzungs-Klonen müssen schon grundsätzlicher Natur sein, oder sie werden gegen das Zusammenspiel von technologischer Entwicklung und Konsumentenfreiheit keinen Bestand haben. [...] Im Namen der reproduktiven Freiheit führen manche an, es sei doch legitim, wenn Eltern, die ein Kind verloren haben, sich dieses durch Klonierung wieder erschaffen wollten. Aber auch das Motiv eines Elternteils, sich selbst in Originalgestalt reproduzieren zu wollen, oder das Motiv mancher Frauen, auf fortpflanzungswillige Männer nicht mehr angewiesen zu sein, wird keineswegs von allen Ethikern[3] für völlig abwegig gehalten. [...]

Wenn angeführt wird, ein Mensch, der genetisch identisch ist mit einem anderen, wäre in seiner Identitätsentwicklung beeinträchtigt, wird dagegen argumentiert, auch eineiige Zwillinge seien schließlich zu einer gelungenen Identitätsentwicklung in der Lage.

Sicher aber wäre ein geklontes Kind mit außerordentlich starken Erwartungshaltungen konfrontiert, was eine freie Persönlichkeitsentwicklung zwar nicht ganz unmöglich machen, doch aber schwer beeinträchtigen würde. [...] Im Gegensatz zu schädigenden Erziehungsmaßnahmen [...] wäre die Festlegung der genetischen Konstitution eines Kindes irreversibel[4] seinen Handlungsmöglichkeiten entzogen. Die fehlende Einwilligung des geklonten Kindes vor dem Hintergrund der grundsätzlichen Fehlbarkeit experimenteller Eingriffe selbst unter der Bedingung einer Optimierung von Verfahren und das damit verbundene Schädigungspotenzial würde sein Recht auf körperliche Integrität[5] verletzen.

Ein weiteres Argument lautet, das Klonen von Menschen würde die biologische Integrität der Menschheit gefährden. Diese Position ist zu verstehen vor dem Hintergrund einer in den USA sich ausbreitenden „consumer eugenics", die bereits heute damit wirbt, etwa durch die Wahl des Geschlechts oder anderer positiv beurteilter Merkmale „designer babies" zu erzielen. [...]

Sigrid Graumann, Andreas Poltermann: Klonen: ein Schlüssel zur Heilung oder eine Verletzung der Menschenwürde? In: Aus Politik und Zeitgeschichte B 23–24/2004. Hrsg. von der Bundeszentrale für Politische Bildung, Bonn, S. 23–30, hier S. 25 f.

[1] **Severino Antinori und Panayiotis Zavos:** Ärzte bzw. Biologen auf dem Gebiet der Reproduktionsmedizin
[2] **In-vitro-Fertilisation:** künstlich herbeigeführte Verschmelzung einer menschlichen Eizelle mit einer Samenzelle außerhalb des Körpers der Frau
[3] **Ethiker:** Philosophen, die sich mit den Kriterien für moralisch gutes Handeln befassen
[4] **irreversibel:** nicht umkehrbar, nicht rückgängig zu machen
[5] **Integrität:** Unverletzlichkeit

1 *Analysiere den vorliegenden Textauszug, indem du*
- ☐ *den gedanklichen Aufbau des Textes beschreibst,*
- ☐ *die wesentlichen Argumente für und gegen das Fortpflanzungs-Klonen von Menschen herausarbeitest,*
- ☐ *abschließend die Position der Autoren darstellst.*

2 *Stelle einen Bezug zu dem Roman „Blueprint. Blaupause" her, indem du zusammenhängend darstellst, welche in dem Sachtext angeführten Argumente gegen das Klonen sich in der Romanhandlung wiederfinden.*

Didaktischer Kommentar

Die Kopiervorlagen des vorliegenden Heftes zu dem Roman „Blueprint. Blaupause“ von Charlotte Kerner orientieren sich methodisch an der „Deutschbuch“-Reihe des Cornelsen Verlags und sind für den Einsatz in einer 9. oder 10. Klasse konzipiert. Die einzelnen Arbeitsblätter sind in unterschiedlichen Lernsituationen einsetzbar. Sie bieten Anlässe zu Einzel-, Partner- und Gruppenarbeit und können in Einzel- oder in Doppelstunden und in der überwiegenden Mehrheit auch als Hausaufgaben verwendet werden.
Die Arbeitsblätter greifen auf typische Gegenstände und Inhalte des Deutschunterrichts in der 9. und 10. Jahrgangsstufe zurück wie z.B. das Lesen und Verstehen von Sachtexten und literarischen Texten, das Untersuchen von Figurenbeziehungen und die Analyse der Wirkung erzähltechnischer Mittel. Methodisch wurde eine Mischung von analytischen und handlungsorientierten bzw. produktiv-gestaltenden Zugängen angestrebt.
Die ersten Arbeitsblätter sind für den Einstieg in den Roman vor der Lektüre (S. 5 f.) sowie zur Sicherung des Inhalts gedacht (S. 7–9), die weiteren Kopiervorlagen bieten Material, das während der Lektüre eingesetzt werden kann. Die Arbeitsblätter enthalten Angebote zur vertieften Auseinandersetzung mit der Handlung, den Figuren, der Erzählweise und thematischen Aspekten. Diese Anordnung kann als Struktur für eine Unterrichtssequenz genutzt werden, wobei sich die Arbeitsblätter aber auch anders anordnen und zu neuen Reihen zusammenstellen lassen. Abgerundet werden die Kopiervorlagen mit Vorschlägen für Klassenarbeiten sowie einem Lösungsteil.

Einstieg

Die Kopiervorlage *Buchcover und Titel – Leseerwartungen formulieren* (S. 5) trägt dem Umstand Rechnung, dass weder Cover noch Titel auf den ersten Blick deutlich machen, worum es in „Blueprint. Blaupause“ geht. Die Arbeitsaufträge sollen daher Interesse für den Roman wecken und den Lernenden einen ersten Eindruck vom Inhalt vermitteln.
Das Arbeitsblatt *Der Klappentext – Fragen zum Roman entwickeln* (S. 6) geht diesbezüglich noch einen Schritt weiter. Hier sollen die Schüler/innen eine noch konkretere Vorstellung vom Romaninhalt bekommen. Zudem sollen sie erste Fragen entwickeln, die sich ihnen mit Blick auf die dargestellte Situation – Siris Leben als Klon – stellen. Die „Schneeball-Methode“ bietet dabei die Möglichkeit, dass die Schüler/innen zunächst jeder für sich überlegen, was sie an dem Roman interessiert. Im anschließenden Austausch sind sie gefordert, den anderen ihre Ideen zu präsentieren und sich im Gespräch auf besonders wichtige oder interessante Fragen zu einigen. Auf diese Fragen kann nach der Lektüre oder auch am Ende der Unterrichtsreihe wieder Bezug genommen werden.

Inhaltssicherung

„Blueprint. Blaupause“ stellt auf Grund der Tatsache, dass sich die Handlung über einen Zeitraum von mehr als 30 Jahren erstreckt und es einen ständigen Wechsel zwischen erzählenden und kommentierenden Passagen gibt, eine nicht zu unterschätzende Herausforderung für die Schüler/innen dar. Die folgenden Arbeitsblätter, die die Lektüre des gesamten Romans voraussetzen, dienen daher der ersten Sicherung des Handlungsablaufs und der Klärung der Figurenbeziehungen.
Mit dem Arbeitsblatt *Erinnerst du dich? – Zitate in den Zusammenhang einordnen* (S. 7) werden zunächst wichtige Handlungsschritte des Romans rekapituliert, um im Anschluss daran über besonders interessante oder spannende Romanabschnitte ins Gespräch zu kommen.
Die Kopiervorlagen *Beziehungen – Die Figurenkonstellation darstellen* (S. 8 f.) zielen auf eine strukturierte Sicherung der Figurenkonstellation ab. Die Aufgabenstellung gibt die Zahl und z.T. auch die Anordnung der Figuren vor, um zu gewährleisten, dass die Darstellung übersichtlich wird. Sie ist aber dennoch bezüglich der Fragen offen gehalten, wie das Verhältnis der Figuren durch Pfeile und weitere Angaben zu charakterisieren ist und ob Mister Black als weitere Figur in die Darstellung eingefügt werden sollte.

Figuren

Die Figuren Siri und Iris stehen im Mittelpunkt der Romanhandlung, ihnen und ihrer Beziehung widmen sich daher die folgenden drei Arbeitsblätter.
Auf der Kopiervorlage *„Ich heiße Siri …“? – Eine Rollenbiografie verfassen* (S. 10) wird den Schüler/innen zunächst die Möglichkeit gegeben, sich durch das Schreiben einer Rollenbiografie mit der ihnen vermutlich näherstehenden Romanfigur Siri auseinanderzusetzen. Aufgabe 3 ermöglicht es dann den Lernenden, das Bild, das sie sich von Siri gemacht haben, mit Fotos von Schauspielerinnen abzugleichen und sich auf dieser Grundlage über ihre Vorstellung von Siri auszutauschen.
Das Arbeitsblatt *„Übersteigerte Selbstliebe“? – Motive einer Figur untersuchen* (S. 11) widmet sich Iris' problematischer und vor allem diskussionswürdiger Entscheidung, sich klonen zu lassen. Die Schüler/innen sollen zunächst einmal durch genaue

Textarbeit aus dem Roman die Motive für Iris' Plan herausarbeiten, um im Anschluss daran aus Iris' Sicht in einem fiktiven Tagebucheintrag die Entscheidung für ein Klonkind zu erläutern. Durch diese Perspektivenübernahme soll die Möglichkeit geboten werden, dass die Lernenden sich – trotz aller berechtigten und sogar notwendigen Kritik an Iris' Plan – mit deren Motiven intensiv auseinandersetzen und diese nachvollziehen. Im anschließenden Gespräch soll deutlich werden, dass Siri ihrer Mutter überwiegend rein egoistische Motive unterstellt, dass sich aber – obwohl Siri ihre Mutter diesbezüglich „zitiert" – am Romantext nicht belegen lässt, ob Iris tatsächlich so egoistisch ist.

Die Beziehung zwischen Siri und Iris wird mit der Kopiervorlage *Ich/du/wir – Die Entwicklung einer Beziehung analysieren* (S. 12) näher in den Blick genommen. Damit die Lernenden dabei möglichst genau am Text arbeiten, wurden exemplarische Textstellen vorgegeben. In arbeitsteiliger Einzelarbeit werden zunächst die einzelnen Textauszüge untersucht. Nach dem anschließenden Austausch in den Gruppen entwickeln die Schüler/innen eine Beziehungskurve, die die Entwicklung der Beziehung zwischen Iris und Siri veranschaulicht. Im Anschluss daran soll im Unterrichtsgespräch deutlich werden, dass das Verhältnis zwischen Iris und Siri zum Teil typisch für eine Mutter-Tochter-Beziehung ist, dass aber andererseits die Beziehung durch die „Klonschaft" zusätzlich belastet wird.

Nachdem Iris' Entscheidung für ein Klonkind untersucht wurde, kann mit Hilfe der Kopiervorlage *Fishers Entscheidung – Ein Rollenspiel durchführen* (S. 13) auch Mortimer G. Fishers Entscheidung, Iris bei der Realisierung ihres Wunsches zu unterstützen, näher betrachtet werden. Während es bei der Analyse von Iris' Entscheidung zunächst um das Nachvollziehen ihrer Motive ging, sollen nun Fishers Argumente denen von Siri gegenübergestellt werden. Das Arbeitsblatt bietet den Lernenden ebenfalls eine textnahe, aber in diesem Fall handlungsorientierte Zugangsweise zum Text. Durch das Rollenspiel sind die Schüler/innen gefordert, argumentativ zunächst eine Perspektive zu vertreten, die gegebenenfalls nicht ihrer eigenen entspricht. Mit Aufgabe 4 begeben sie sich dann auf die Ebene des Werturteils, indem sie aus ihrer Sicht Fishers Entscheidung beurteilen.

Das Arbeitsblatt *Janeck – Die Bedeutung einer Figur erarbeiten* (S. 14) leitet dazu an, Janecks Bedeutung für Siri herauszuarbeiten. Abschließend sollen die Schüler/innen aus Siris Sicht einen kurzen Text verfassen, in dem deutlich wird, warum Janeck in bestimmten Situationen für sie besonders wichtig ist.

Die Untersuchung der Beziehung zwischen Siri und Kristian, um die es bei der Kopiervorlage *Siri und Kristian – Textstellen genau untersuchen* (S. 15 f.) geht, stellt auf Grund der Erzählweise (vgl. dazu auch S. 26 f.) eine besondere Herausforderung dar. So entsteht beim ersten Blick auf den Text, der die Situation aus Siris Perspektive darstellt, der Eindruck, dass Kristian an ihr interessiert, vielleicht sogar in sie verliebt sei. Erst eine genauere Untersuchung der abgedruckten Textstellen zeigt, dass es durchaus Hinweise darauf gibt, dass die verliebte Siri sich in Bezug auf Kristians Gefühle wohl nur etwas vormacht. Diese Erkenntnisse sollen in Aufgabe 3 reflektiert werden und auf dieser Grundlage abschließend die Ereignisse aus Kristians Sicht erzählt werden.

Handlung

Eine Besonderheit bezüglich der Handlung besteht in „Blueprint. Blaupause" darin, dass sich das erzählte Geschehen über einen Zeitraum von mehr als 30 Jahren erstreckt, sodass häufig mit Zeitraffungen gearbeitet werden muss. Dieses Verfahren wird mit den Arbeitsblättern *Siris Leben – Aufbau und Zeitgestaltung darstellen* (S. 17 f.) in den Blick genommen. In einem ersten Schritt sollen die Lernenden erkennen, auf welche Weisen in Texten die erzählte Zeit gerafft werden kann. Sie gewinnen dann durch eine grafische Darstellung eine Übersicht über die Zeitgestaltung im Roman und können auf dieser Grundlage herausarbeiten, welche Bedeutung die Passagen haben, in denen die Erzählzeit im Verhältnis zur erzählten Zeit besonders lang ist, und welche Funktion der Zeitsprung nach dem Kapitel „Doppelleben" hat.

Das Kapitel „Ego-Klon" stellt eine zweite die Handlung betreffende Besonderheit des Romans dar. In diesem Kapitel tritt mit Frau Professor Dr. Erika Knieper eine weitere Figur auf, die berichtet, Siri zum Schreiben des Kapitels „Doppelleben" überredet zu haben, und die über den aktuellen Stand der Klonforschung informiert. Die Kopiervorlage *„Ego-Klon" – Die Funktion des Epilogs bestimmen* (S. 19) rückt zunächst die inhaltliche Funktion des Epilogs in den Fokus: Dem Leser soll deutlich werden, dass Siris Erlebnisse und Gefühle für Klonkinder repräsentativ sind. Im Anschluss daran wird die formale Funktion des Epilogs – das Erwecken des Eindrucks, dass es sich um einen nicht-fiktionalen Text handelt – thematisiert. Weil davon auszugehen ist, dass Neuntklässlern dieses Phänomen aus Texten wie z. B. Goethes „Werther" noch nicht bekannt ist, wird hierzu ein kurzer Sachtext zur Verfügung gestellt.

Thematische Aspekte

Aus der Vielzahl der im Roman auftauchenden Leitmotive wurde mit den Arbeitsblättern *„Blau hat immer zwei Gesichter" – Ein Leitmotiv untersuchen*

(S. 20 f.) die Untersuchung der Bedeutung der Farbe Blau herausgegriffen. Abgesehen davon, dass dieses Leitmotiv bereits im Titel erscheint, besteht der besondere Reiz darin, dass dieses Motiv abwechselnd positiv und negativ besetzt ist. Als Einstieg sollen die Schüler/innen ihre eigenen Assoziationen mit der Farbe Blau notieren. Die abgedruckten Textauszüge aus „Blueprint. Blaupause" liefern dann die Grundlage, um die Doppeldeutigkeit der Farbe Blau im Roman herauszuarbeiten. Denkbar wäre, im Anschluss daran die Funktion weiterer Leitmotive – der Spiegel, der Hände, des Geburtsschreis oder der Komposition „Tautropfen" – zu untersuchen.
Im Roman wird an zahlreichen Stellen auf berühmte Zwillingspaare aus der Geschichte bzw. der antiken Mythologie verwiesen. Das Arbeitsblatt *Berühmte Zwillingspaare – Lebenssituationen vergleichen* (S. 22) thematisiert die Bedeutung der Zwillinge Chang und Eng, Lazarus und Johannes Coloredo und Kastor und Pollux, weil deren eigene Geschichte und die Bezüge zu Siris Situation im Roman besonders deutlich werden. Die Untersuchung könnte darüber hinaus ausgeweitet werden auf die Funktion der Bezüge auf Romulus und Remus (vgl. „Blueprint", S. 115), den Zwillingskult der Yoruba (vgl. „Blueprint", S. 35, 52, 125) oder das Erste internationale Zwillingstreffen (vgl. „Blueprint", S. 97 ff.). Über diese Zwillingspaare müssten die Schüler/innen allerdings weitere Informationen recherchieren, um deren Bedeutung im Roman erklären zu können. Denkbar wären auch Referate zu diesen Themen.
Das Arbeitsblatt *Erzengel Gabriel – Intertextuelle Bezüge deuten* (S. 23) rückt die intertextuellen Bezüge auf die Bibel in den Fokus der Betrachtung. Mit Hilfe der abgedruckten Textstellen sollen die Lernenden die Gemeinsamkeiten und Unterschiede zwischen beiden Texten erkennen, um im Anschluss daran die Funktion der Bibelbezüge zu erklären. Weil anzunehmen ist, dass die Schüler/innen einer 9. Klasse bisher wenig Erfahrung mit der Deutung intertextueller Bezüge haben, wurden hier vier Interpretationsmöglichkeiten vorgegeben, aus denen sie die zutreffende Variante auswählen und erklären sollen. Neben den Bezügen auf die Bibel finden sich im Roman auch Bezüge auf Götter der antiken Mythologie (vgl. z. B. „Blueprint", S. 22, 29 f., 34), die im weiteren Unterrichtsverlauf in den Blick genommen werden könnten.
Die Kopiervorlagen auf den Seiten 11 und 13 haben bereits Iris' bzw. Fishers Entscheidung für das Klonen thematisiert. Die Arbeitsblätter *Klonforschung – Sachtexten Informationen entnehmen* (S. 24 f.) öffnen nun den Blick über die Romanhandlung hinaus, indem sie über die bisherigen Ergebnisse der Klonforschung in der Realität informieren. Im Anschluss an die Analyse des Sachtextes und der Grafik zur Entstehung des Klonschafs Dolly sollen die Lernenden über das deutsche Verbot, Embryonen zu klonen, diskutieren und Stellung nehmen.
Die Beschäftigung mit der Klonforschung und deren ethischen Implikationen könnte an dieser Stelle noch über einen Vergleich von „Blueprint. Blaupause" mit einem weiteren literarischen Text, der das Thema behandelt, vertieft werden. In dem von Charlotte Kerner herausgegebenen Sammelband „Die nächste GENeration" (Beltz & Gelberg, Weinheim/Basel 2009) findet sich z. B. der Text „Die Andere" von Claudia Eberhard-Metzger. Während es in Charlotte Kerners Roman um das reproduktive Klonen geht, steht in Eberhard-Metzgers Kurzgeschichte das therapeutische Klonen im Vordergrund. Dennoch gibt es erstaunliche Gemeinsamkeiten zwischen den Gefühlen der Klonkinder Siri und Mari, sodass sich diese Geschichte für einen direkten Vergleich mit dem Roman anbietet.

Erzählweise, Sprache und Stil

Die erzähltechnische Besonderheit bei „Blueprint. Blaupause" besteht darin, dass – obwohl Siri selbst die Erzählung zu Beginn als Autobiografie charakterisiert – erzählende und kommentierende Passagen und die Ich-, Er-/Sie- und Du-Form sich abwechseln. Somit wird dem Leser auf den ersten Blick suggeriert, dass Siri in ihrem Bericht „die Wahrheit" erzählt, eine Behauptung, die einer genaueren Überprüfung nicht standhält. Diese Wirkung der Erzählstrategie thematisieren die Arbeitsblätter *Siris „Wahrheit" – Die Erzählweise analysieren* (S. 26 f.).
Die Kopiervorlage *„Muzwi" – Die sprachliche Gestaltung untersuchen* (S. 28) rückt den variantenreichen Sprachgebrauch im Roman in den Fokus. Hierbei sollen die Schüler/innen zunächst exemplarische Textstellen untersuchen, um dann selbstständig interessante sprachliche Auffälligkeiten im Roman zu suchen und deren Wirkung zu erklären.

Rezeption und Produktion

Der Roman „Blueprint. Blaupause" zeichnet sich dadurch aus, dass vor allem in den kommentierenden Erzählpassagen seitenweise Siris Gefühle als Klon beschrieben werden. Die Kopiervorlage *Zu viele Leerstellen? – Die Literaturverfilmung bewerten* (S. 29 f.) zielt auf die Beantwortung der Frage ab, wie bzw. ob es dem Regisseur der Romanverfilmung gelingt, Siris Situation mit Hilfe von filmsprachlichen Mitteln deutlich zu machen. Dazu wurden exemplarisch vier Szenen ausgewählt, die sich deutlich vom Roman unterscheiden bzw. die darin gar nicht vorkommen. Screenshots und Drehbuchauszüge ermöglichen eine Beurteilung der Szenen, ohne dass der Film geschaut werden muss. Nichtsdestotrotz wäre es sinnvoll, die entsprechenden Ausschnitte

auf DVD anzuschauen. Auf dieser Grundlage ließe sich auch an der Verfilmung weiterarbeiten. Mögliche Untersuchungsaspekte wären: die Chronologie im Handlungsverlauf, die unterschiedlichen zeitlichen Ebenen im Film, die Figuren, die Leitmotive, die Kamera, die Bildgestaltung und der Ton. Auf diese Weise könnte ein umfassenderer Vergleich der Unterschiede zwischen Roman und Film erfolgen.
Die Kopiervorlage *Getroffen? – Eine Rezension des Romans beurteilen* (S. 31) kann nach Abschluss der Lektürebehandlung eingesetzt werden. Durch die Analyse einer professionellen Literaturrezension können die Schüler/innen ihr Verständnis von Sachtexten weiter vertiefen und zugleich ein Vorbild für eine begründete, an Kriterien orientierte Beurteilung literarischer Texte erfassen. Auf dieser Grundlage können sie ihre eigene Rezension verfassen und somit zu einer abschließenden Beurteilung des Romans gelangen.

Klassenarbeiten
Die Klassenarbeiten nehmen zwei Aufgabentypen, die auf den Arbeitsblättern intensiv thematisiert wurden, auf. Der Klassenarbeitsvorschlag *Einen Romanauszug analysieren* (S. 32) nimmt mit der Darstellung der Begegnung von Iris und Siri mit der Großmutter eine Textstelle in den Blick, die bisher noch nicht im Fokus der Betrachtung stand. Bei der Klassenarbeit *Einen Sachtext untersuchen* (S. 33) werden die Schüler/innen dazu aufgefordert, die Argumentationsstruktur des Textes zu untersuchen, um dann Gemeinsamkeiten und Unterschiede zwischen den im Sachtext angeführten Argumenten gegen das Klonen und der Romanhandlung zu erarbeiten.

Lösungen

Buchcover und Titel – Leseerwartungen formulieren ▶ S. 5

1 *Bildgegenstand:* Tastaturen zweier Klaviere; zwei fast identische Handpaare, die in die Tasten greifen; an einer Hand ein Ring
Bildaufbau/Farben: Tastatur mit den Händen im oberen und unteren Viertel des Bildes, quasi gespiegelt; dazwischen schwarze und blaue Streifen (ähnlich wie ein Barcode) mit Name der Autorin und Titel
Gesamteindruck (individuell): Zwei Personen (vermutlich Frauen) spielen Klavier; oder: eine Frau spielt Klavier und sitzt vor einem Spiegel.

2 a) Der Begriff „Blueprint" wird im Roman für einen Klon verwendet.
b) Auf dem Cover sind vermutlich Iris und ihr Klon (die Ich-Erzählerin) zu sehen.

3 Man kann davon ausgehen, dass die Ich-Erzählerin ihr Leben als Klon beschreibt. Mögliche weitere Vermutungen zum Inhalt: (schwieriges) Verhältnis der Ich-Erzählerin zur Mutter, Identitätsprobleme des Klons, Thematisierung der Gemeinsamkeiten und Unterschiede zwischen Mutter und Klon.

Der Klappentext – Fragen zum Roman entwickeln ▶ S. 6

1 *Stellen, in denen man etwas über den Roman erfährt:*
Erster Absatz und erster Satz des zweiten Absatzes des Klappentextes
Stellen, die das Interesse des Lesers wecken und auf die Lektüre neugierig machen sollen:
Zitat aus der „Saarbrücker Zeitung", die beiden Fragen am Schluss

2 Die Aussagen 1 und 4 treffen zu.

3 *Mögliche Fragen:* Wie genau gelingt es, Iris zu klonen? Wie ähnlich sind Iris und Siri sich? Wie ist die Beziehung zwischen Iris und Siri? Hat es für Siri Vorteile/Nachteile, ein Klon der Mutter zu sein? Gelingt es Siri tatsächlich, auch eine berühmte Komponistin zu werden? Wie verläuft Iris' Krankheit?

Erinnerst du dich? – Zitate in den Zusammenhang einordnen

▶ S. 7

1 *Mögliche Lösung (auch für Aufgabe 2):*

Kapitel	Text	Zusammenhang
Duett (Kindheit II)	Siri hatte sich geweigert, dieses langweilige schwarze Kleid anzuziehen, das ihre Mutter für sie ausgesucht hatte. „Wir gehen doch auf keine Beerdigung, es ist Muttertag!" Dass ein schwarzes Kleid üblich sei, ließ sie nicht gelten: „Dann wird es heute eben mal unüblich."	Muttertagskonzert, gemeinsamer Auftritt von Iris und Siri, Siri „schmückt" ihr Kleid heimlich mit gelbem Band, Iris scheint dies nicht zu bemerken. (S. 82 f.)
Doppelleben (Das zweite Jahr null)	Als ich zu spielen begann, vergaß ich alles um mich herum. Ich spielte nur für dich, Mutter, genauso wie du für mich gespielt hattest, als ich in dir noch im Dunkeln lebte und unsichtbar für die anderen war. Mein Anfang war dein Ende, dein Ende ist mein Anfang.	Siris Klavierauftritt bei der Beerdigung ihrer Mutter, erster erfolgreicher Soloauftritt, Siri fühlt sich befreit. (S. 157)
Zwietracht (Jugend I)	„Lächerlich!" Siri fühlte sich verspottet. „Soll ich das vielleicht sein, dieses Kinderklavier? Also, dieses Stück spiel ich sicher nicht." Zum ersten Mal stritten sie heftig über eine von Iris' Kompositionen.	Iris' Komposition „Echoes II", Siri soll am Schluss auf einem Kinderklavier spielen, Streit (auch um Kristian), Ohrfeige. (S. 110)
Doppelgöttin (Das Jahr null)	Iris behauptete ihr Leben lang, in den allerersten Lauten der Tochter die Anfangstöne des Stückes „Tautropfen" erkannt zu haben. „Sie singt meine Musik, hören Sie?", schrie sie glücklich.	Siris Geburt verläuft komplikationslos, sie schreit aber nicht, sondern gibt nur leise Töne von sich, Iris erkennt darin das Stück, das sie Siri während der Schwangerschaft vorgespielt hatte. (S. 36)
Einklang (Kindheit I)	Zusammen betasteten sie die krummen Beine und die goldenen Pedale des Konzertflügels. Sie berührten und benannten alle seine Teile: vom Tastendeckel bis zur Notenauflage, vom Flügelschloss bis zu den Hämmerchen.	Siris siebenter Geburtstag, Siri darf nun auf dem Konzertflügel der Mutter spielen, beide erkunden gemeinsam das Instrument. (S. 63)
Zweikampf (Jugend II)	Blatt für Blatt nahm Siri sich die „Tautropfen" vor, schnitt und faltete und klebte die Noten und Notenlinien neu zusammen. Diese Collage übermalte sie mit kräftigen, breiten schwarzen und blauen Pinselstrichen, Kreisen und Kringeln.	Siris Misserfolg beim ersten Solokonzert, Rückzug zu Janeck nach Hamburg, Siri wendet sich der Malerei zu, zerstört die Originalnoten der „Tautropfen". (S. 133)

Charlotte Kerner: Blueprint. Blaupause. © 1999, 2001, 2004 Beltz & Gelberg in der Verlagsgruppe Beltz, Weinheim, Basel

3 Hier sind individuelle Lösungen möglich.

Beziehungen – Die Figurenkonstellation darstellen

▶ S. 8 f.

1 *Mögliche Lösung (auch für Aufgabe 2 und 3)*

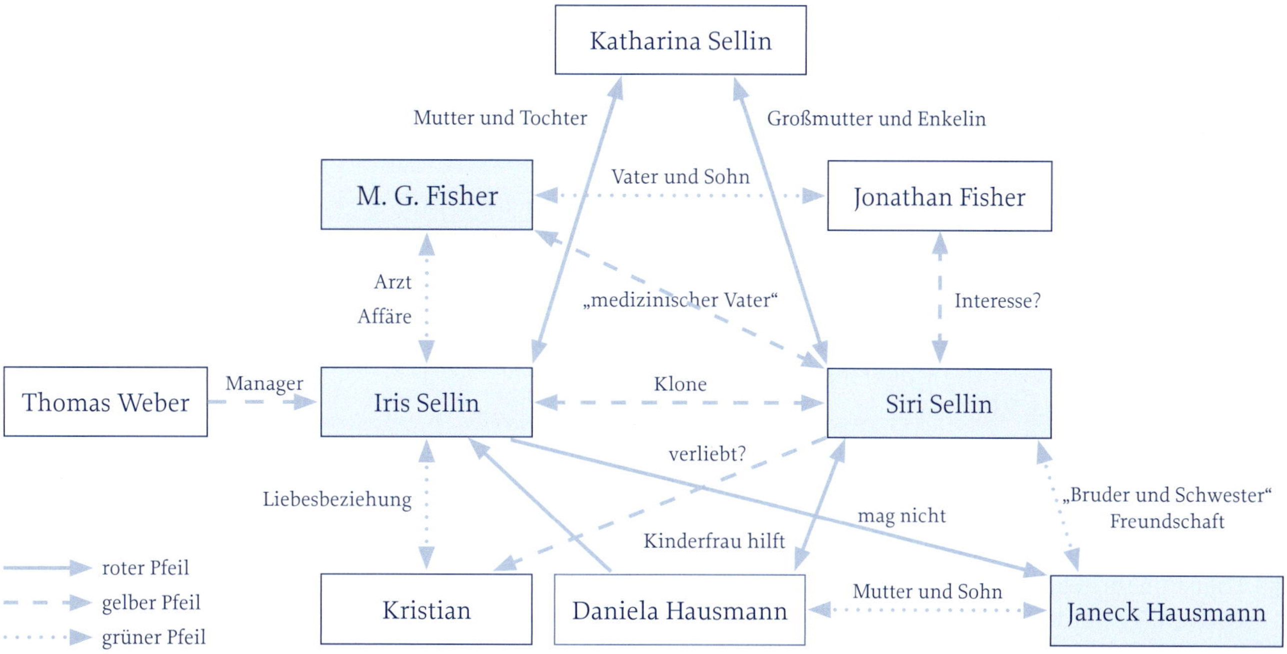

4 Gegen Mister Black als Figur spricht vor allem, dass es sich dabei um einen Gegenstand handelt. Man kann zwar eine Beziehung zu einem Klavier haben, das Klavier kann aber keine Beziehung zu einer anderen Person haben. Dafür spricht, dass Mister Black von Siri als Person, sogar als Freund wahrgenommen wird: Das Klavier hat einen Namen, es spendet Trost und scheint Siri in schwierigen Situationen zu helfen.

„Ich heiße Siri ..." – Eine Rollenbiografie verfassen

▶ S. 10

1 *Folgende Aspekte könnten u. a. in der Rollenbiografie vorkommen:*

- Siri ist Klon ihrer Mutter Iris, Mortimer G. Fisher ist als Arzt der Mutter quasi ihr medizinischer Vater.
- Das Verhältnis zur Mutter ist vor allem auf Grund des Umstands, dass sie sich klonen ließ, sehr problematisch gewesen; durch ihren Tod fühlt Siri sich befreit.
- Bisheriger Lebensweg: behütete Kindheit und musikalische Ausbildung bei der Kinderfrau Daniela, früher Beginn einer Karriere als Konzertpianistin, Scheitern beim ersten Soloauftritt (kann Mutter nicht „besiegen"), Flucht nach Hamburg, beginnt mit der Malerei, Depression wegen sich verschlechternder Krankheit der Mutter
- Janeck als „Bruder" und zugleich bester Freund, der ihr schon seit ihrer Kindheit kleine Fluchten (Kirchturm, Meer) ermöglichte und bei dem sie nun lebt
- Janeck sieht sie als „Bruder" und nicht als Geliebten; verliebt war sie möglicherweise in Kristian, den damaligen Freund der Mutter; Interesse bestand auch an Jonathan Fisher, dem Sohn ihres medizinischen „Vaters"
- Stärken: hat von ihrer Mutter die musikalische/künstlerische Begabung geerbt; Schwächen: Schwierigkeit, als Klon eine eigene Identität zu finden, sich von der Mutter zu lösen
- Befürchtungen und Ängste: Problem, nicht einzigartig zu sein, Sorge, nicht unabhängig von der Mutter leben zu können
- Wünsche für die Zukunft: unabhängig von der Mutter ein eigenes Leben führen, als Künstlerin arbeiten

2 Hier sind individuelle Lösungen möglich. In der Teilaufgabe b) könnte z. B. deutlich werden, dass die Schüler/innen sich nun besser in Siris Situation hineinversetzen können.

3 Hier sind individuelle Lösungen möglich. Wichtig ist, dass die Schüler/innen ihre Entscheidung mit den Aspekten begründen, die sie zuvor für die Rollenbiografie herausgearbeitet haben.

„Übersteigerte Selbstliebe"? – Motive einer Figur untersuchen ▶ S. 11

1 *Mögliche Lösung:*
- ☐ Erkenntnis, dass sie an Multipler Sklerose erkrankt ist ▶ Bedürfnis, ihr Talent weiterzugeben (S. 13, Z. 7 f.)
- ☐ Wunsch, zu lieben und geliebt zu werden, der Einsamkeit zu entkommen (S. 13, Z. 10 f.)
- ☐ Wissen, dass Fisher eine Möglichkeit entdeckt hat, Säugetiere zu klonen (S. 13, Z. 14 ff.)
- ☐ Annahme, dass die Gesellschaft das Klonen einer berühmten Pianistin befürworten wird (S. 19, Z. 8 ff.)
- ☐ Idee, dass es gut oder zumindest legitim sei, einem Kind möglichst günstige Erbanlagen mitzugeben (S. 19, Z. 17–21)
- ☐ Eigennutz: Möglichkeit, durch einen Klon weiterzuleben (S. 21, Z. 2 ff.)
- ☐ Wunsch, keinesfalls ein unbegabtes Kind zu bekommen und sich so zu „verschwenden" (S. 21, Z. 10 ff.)
- ☐ Erkenntnis, dass es keinen Mann gibt, von dem sie sich ein Kind wünscht (S. 21, Z. 13 ff.)
- ☐ „übersteigerte Selbstliebe" (S. 21, Z. 19 f.)
- ☐ Wunsch nach Unsterblichkeit (S. 21, Z. 26 f.)
- ☐ Wunsch, dem Kind alle Möglichkeiten zu geben (S. 129, Z. 22 f.)
- ☐ Idee, sich in dem Kind wiederzufinden, das sei Liebe (S. 129, Z. 24)

2 Gemeint ist hier, dass Iris sich selbst so sehr liebt, dass sie sich noch einmal erschaffen und somit unsterblich werden will.

3 Hier sind individuelle Lösungen möglich. Wichtig ist, dass die Motive, die in Aufgabe 1 erarbeitet wurden, verwendet werden. Dabei können die Schüler/innen aber selbst entscheiden, welche der Motive ihrer Ansicht nach für Iris im Vordergrund standen und welche weniger Bedeutung hatten bzw. ihr eventuell von Siri unberechtigterweise unterstellt werden.

4 Mögliche Unterschiede zwischen Roman und Tagebucheintrag kommen dadurch zustande, dass der Roman aus Siris Perspektive verfasst ist, wohingegen der Tagebucheintrag Iris' Sicht auf ihre Entscheidung wiedergibt.

Ich/du/wir – Die Entwicklung einer Beziehung analysieren ▶ S. 12

1 *Mögliche Lösung für Teilaufgabe b):*
S. 50 f.: Iris erklärt ihrer Tochter vor dem großen Spiegel, dass sie einmal werden wird wie sie.
S. 57–59: Iris hat einen schweren MS-Schub. Siri spielt auf dem Klavier, um ihre Mutter wieder gesund zu machen.
S. 62–64: Siris siebenter Geburtstag: Sie darf nun auf dem Konzertflügel spielen. Der Name „Mister Black" wird zum Zwillingsgeheimnis.
S. 83: Beim Muttertagskonzert bindet Siri sich heimlich eine gelbe Schleife um.
S. 87 f.: Siri wird Iris immer ähnlicher und hat dadurch erste Identitätsprobleme.
S. 110 f.: Siri weigert sich, „Echoes II" zu spielen, lässt sich dann aber doch überzeugen.
S. 116 f.: Nachdem Siri bei ihrem ersten Solokonzert gescheitert ist, spielt Iris das Stück und erntet dafür tosenden Applaus.
S. 124 f.: Siri lehnt Iris' Hilfe ab und flüchtet nach Hamburg.
S. 128–132: Es kommt zur Aussprache in Hamburg, Iris verlässt die Wohnung aber, ohne dass es zur Versöhnung kommt.
S. 154 f.: Nach Iris' Tod fühlt Siri sich einsam und zugleich befreit.
S. 161–164: Siri zerschneidet ihr Konzertkleid, vernichtet Iris' Tagebücher, will ein Kunststudium beginnen.
Teilaufgabe d): Hier sollte deutlich werden, dass die Beziehung anfänglich durch starke Nähe geprägt ist und Mutter und Tochter sich allmählich immer weiter voneinander entfernen. Eventuell könnte man in Siris Reaktion auf Iris' Tod noch einmal eine kurze Phase der Annäherung sehen.

2 Hier sind individuelle Lösungen möglich. Deutlich werden sollte, dass auch „normale" Mütter und Töchter in ihrer Beziehung häufig Schwierigkeiten haben und Kinder sich von ihren Eltern im Lauf der Pubertät häufig deutlich entfernen. Andererseits sollte zur Sprache kommen, dass die Identitätsprobleme, die Siri hat, in engem Zusammenhang mit dem Umstand stehen, dass sie ein Klon ist.

Fishers Entscheidung – Ein Rollenspiel durchführen ▶ S. 13

1 *Mögliche Lösung (auch für Aufgabe 2):*
Siri:
- Gefühle der Klonkinder werden missachtet.
- Ein Klon wird seiner Individualität beraubt und hat Probleme, die eigene Identität zu finden.
- Dem Klon wird ein Elternteil vorenthalten.
- Klone sind mit Zwillingen nicht zu vergleichen.
- Klonen ist Missbrauch, Gen- und Gefühlsinzest.
- Der Klon hat kein Ich, keine Identität.

Fisher:
- Idee, berühmte/begabte Personen unsterblich zu machen.
- Möglichkeit, positive Eigenschaften gezielt weiterzugeben.
- Selbstbestimmung bei der Fortpflanzung.
- Ersatz für Kinder/Ehepartner, die durch einen Unfall oder eine Krankheit getötet wurden.
- Eigene Kinder für homosexuelle Paare.
- Idee eines Reserve-Embryos.
- Klone sind wie Zwillinge völlig normale Menschen, die ihren eigenen Weg gehen können.

4 Hier können die Schüler/innen unterschiedlich argumentieren, wobei zu vermuten ist, dass die meisten Fishers Entscheidung ablehnen werden. Die Schüler/innen sollten in der Diskussion ihre Meinung mit Hilfe der Argumente aus dem Roman oder eigener Argumente begründen.

Janeck – Die Bedeutung einer Figur erarbeiten ▶ S. 14

1 Der vierjährige Junge hat sich hier offensichtlich als Ritter verkleidet. Er verteidigt schon an dieser Stelle Siri gegen ihre Mutter – eine Situation, die sich im weiteren Verlauf des Romans noch häufig wiederholen wird.

2 *Mögliche Lösung:*
S. 66: Janeck hält Siri vom Opernbesuch ab und schenkt ihr stattdessen ein Kätzchen.
S. 117: Nach dem misslungenen Soloauftritt tröstet Janeck Siri und nimmt sie mit ans Meer.
S. 132: Janeck schenkt Siri Malutensilien; das Malen hat eine therapeutische Wirkung.
S. 138: Janeck steht Siri in ihrer Depression bei.
S. 163: Janeck hilft Siri, die Tagebücher ihrer Mutter zu entsorgen.

3 *Mögliche Lösung:*
Janeck wird für mich immer besonders wichtig, wenn der Einfluss meiner Mutter übermächtig wird und ich Hilfe brauche, um mich diesem Einfluss zu entziehen.
Ohne Janeck hätte ich niemanden, der meine wahren Bedürfnisse kennt und mir Erlebnisse außerhalb der Welt meiner Mutter verschafft.

4 Iris sieht in Janeck einen Feind oder zumindest Gegner, weil dieser ihr Siri zu entziehen droht bzw. sie spätestens ab dem Umzug nach Hamburg tatsächlich entzieht.

Siri und Kristian – Textstellen genau untersuchen ▶ S. 15 f.

1 *Stellen, an denen deutlich wird, was Siri für Kristian empfindet:*
„Siris Magen schlug tausend Purzelbäume" (Z. 25 f.), „wie sehr ich in ihn verliebt sei" (Z. 39), „ihre erste große Liebe" (Z. 43)
Stellen, die den Eindruck vermitteln, dass Kristian an Siri interessiert ist:
„Siri ihm besser gefallen hatte" (Z. 3), „sie ihn durchschaut hatte" (Z. 5), „Er hat mich geküsst und meine Brust gestreichelt und sofort, als er mich berührte, wollte er mich. Er muss doch gemerkt haben, wie straff meine Haut war und wie ich glühte. Nur mich, die junge Iris, wollte er in diesem Augenblick. Ich habe ihm bestimmt besser gefallen als du! Da bin ich mir ganz sicher! Er hatte wieder diesen begehrlichen Blick. Aber dann hat ihn der Mut verlassen" (Z. 29–35), „Sie schaute ihn an und stellte sich vor, dass

er sie umarmen und ihr ins Ohr flüstern würde, dass er sie unbedingt treffen wolle, jetzt, da Iris tot sei, die so lange zwischen ihnen gestanden habe. Nur an Siri habe er die ganze Zeit gedacht und sie nie vergessen können“ (Z. 43–47), „Wieder ist er zu feige, mir zu sagen, was er wirklich will, dachte Siri.“ (Z. 52)

Stellen, an denen deutlich wird, dass Siri sich nur etwas vormacht:

„Fünf Tage zu warten falle ihm schwer“ (Z. 22 f.), „Ich liebe dich“ (Z. 25), „Siri, das war keine gute Idee“ (Z. 38), „‚Den heutigen Nachmittag sollten wir am besten ganz vergessen‘, meinte er, ‚dann werde ich Iris auch nichts verraten‘“ (Z. 39–41), „Aber Kristian legte ihr nur die Hände auf die Schultern und gab ihr einen leichten Kuss auf die Stirn. ‚Du bist sehr tapfer‘, sagte er. ‚Iris wäre stolz auf dich und besonders auf dein Spiel gewesen.‘ Seine Augen waren tränennass.“ (Z. 48–51)

3 Die widersprüchlichen Aussagen kommen dadurch zustande, dass Kristian die ganze Zeit sagt, was er denkt, Siri ihm aber unterstellt, dass er sich und ihr etwas vormacht. Siris Aussagen widersprechen sich auch, weil Siri Kristian auf der einen Seite Gefühle für sie unterstellt, auf der anderen Seite aber relativ neutral sein Verhalten beschreibt, das der Schilderung der Gefühle widerspricht. Auf Grund von Kristians eindeutigem Verhalten – auch nach Iris' Beerdigung – ist anzunehmen, dass er keine tieferen Gefühle für Siri empfindet. Der Spruch „Liebe macht blind“ trifft auf Siri also zu.

4 Hier sind individuelle Lösungen möglich. Deutlich werden sollte aber, dass Kristian Siris Gefühle nicht erwidert und überlegt, wie er dies Siri deutlich machen kann.

Siris Leben – Aufbau und Zeitgestaltung darstellen ▶ S. 17 f.

1 Bei Textstelle A entsteht die Zeitraffung dadurch, dass die Erzählerin ihr neues Alter nennt, ohne darzustellen, was in der Zeit dazwischen passiert ist. Ähnlich ist es in Text B. Bei den Texten C und D werden Handlungen oder Ereignisse summarisch genannt, ohne dass sie detailliert geschildert werden.

2 S. 71–95: Duett: Siris achtes bis vierzehntes Lebensjahr
S. 96–112: Zwietracht: Siris fünfzehntes Lebensjahr
S. 113–136: Zweikampf: Siris sechzehntes bis achtzehntes Lebensjahr
S. 137–164: Doppelleben: Siris neunzehntes bis zweiundzwanzigstes Lebensjahr
S. 165–173: Pollux Seul: Siris zweiunddreißigstes Lebensjahr
S. 174–177: Ego-Klon: keine erzählte Zeit, Bericht der Wissenschaftlerin

3 In „Doppelgöttin“ wird detailliert dargestellt, warum sich Iris überhaupt für ein Klonkind entschieden hat. „Zwietracht“ beschreibt einen besonders wichtigen Abschnitt in Siris Leben, weil die bisher zumindest halbwegs harmonische Beziehung mit ihrer Mutter nun in offene Konkurrenz umschlägt, die in Siris Mordgedanken und einem Streit gipfelt.

4 Der Zeitsprung zwischen dem Kapitel „Doppelleben“ und „Pollux Seul“ kommt zustande, weil Siris „Bericht“ mit dem Tod ihrer Mutter vorläufig endet und sie sich erst zehn Jahre später, als sie im gleichen Alter ist wie die Mutter damals, entschließt, noch ein weiteres Kapitel anzuhängen. Im Kapitel „Ego-Klon“ wird deutlich, dass sie damit der Bitte von Prof. Dr. Erika Knieper nachgekommen ist.

„Ego-Klon“ – Die Funktion des Epilogs bestimmen ▶ S. 19

1 *Teilaufgabe a):* Vorsitzende der CRP und Inhaberin des Lehrstuhls für Humangenetik an der ersten deutschen Frauenuniversität Hildegard von Bingen in Hannover
Teilaufgabe b): Erkenntnisse zur psychischen Gesundheit von Klon-Kindern: Selbstmordrate normal, Angriffe auf Klon-Eltern um 30 Prozent häufiger als bei normal gezeugten Kindern (Morde und versuchte Morde), Normalisierung des Lebens von Klon-Kindern nach dem Tod der Eltern, hoher IQ, Spekulationen bezüglich des Lebens- und Persönlichkeitsgedächtnisses
Teilaufgabe c): Die von Siri verwendeten Begriffe (Klon-Elter, Missbrut, Muzwi usw.) wurden in den allgemeinen Sprachgebrauch übernommen, Mordgedanken tauchen häufig auf, Befreiung durch Tod des Klon-Elters

2 *Mögliche Erklärung:*
Man möchte sicherstellen, dass die Klon-Eltern sich bewusst machen, welche Folgen ihre Entscheidung für ihr Klon-Kind haben kann.

3 Der Epilog in „Blueprint" hat vor allem die Funktion, dass der Leser erfahren soll, was er aus der Geschichte zu lernen hat. Konkret geht es hier darum zu verdeutlichen, dass Siris Probleme repräsentativ für einen Ego-Klon sind.

4 *Mögliche Markierungen:*
„Verbindung zwischen Geschichte und Anhang" (Z. 18–20), „innerhalb der Romanwelt den Eindruck erweckt, es handele sich um ein wahres Geschehen" (Z. 20–22), „andere, gleichwohl fiktionale Erzählebene" (S. 25 f.), „Rahmen der Erzählhandlung" (Z. 28 f.)

Durch den Epilog wird – allerdings auf fiktionaler Ebene – der Eindruck erzeugt, dass alles, was Siri in ihrem Bericht erzählt, der Wahrheit entspricht.

„Blau hat immer zwei Gesichter" – Ein Leitmotiv untersuchen ▶ S. 20 f.

1 Hier sind individuelle Lösungen möglich. Mögliche Redewendungen: blaumachen, blau sein, das Blaue vom Himmel herunterlügen, ins Blaue hinein gehen, sich grün und blau ärgern, mit einem blauen Auge davonkommen, blaues Blut in den Adern haben, sein blaues Wunder erleben

2 Zu S. 9 f.: Die Farbe Blau ist zunächst positiv besetzt (Siris Lieblingsfarbe), weckt dann aber negative Gefühle, weil sie auch Iris' Lieblingsfarbe ist.
Zu S. 14: Mit „Blaupause" verbindet Siri Krankheit, Verletzung.
Zu S. 96: negative Bedeutung: Traurigkeit, betrunken sein, Laborlicht beim Vorgang des Klonens, Kälte, Hass, Unfreiheit; positive Bedeutung: Himmel, Grotte von Capri, Liebe
Zu S. 102: Der blaue Schmetterling steht für die Sehnsucht nach Freiheit und das Gefühl der Unfreiheit, die erfolglosen Versuche, sich zu entwickeln.
Zu S. 113 und 115: Das blaue Konzertkleid steht zunächst für Siris erotische Ausstrahlung, später fühlt sie sich darin wie der blaue Schmetterling „aufgespießt", eingesperrt, bedrängt.
Zu S. 133: Die blaue Farbe steht für Befreiung, hier für die Befreiung von der Mutter.
Zu S. 137: blauäugig = naiv, unwissend
Zu S. 138: vermeintlich positive Besetzung des Wortes durch Treue, hier aber eher unerwünschte Abhängigkeit, Unfreiheit

3 Auf der einen Seite verbindet Siri mit der Farbe Blau positive Aspekte wie Erotik, Liebe, Freiheit, Treue; auf der anderen Seite steht Blau aber für das Klonen und die damit verbundenen Gefühle von Verletzung, Unfreiheit und Abhängigkeit.

Berühmte Zwillingspaare – Lebenssituationen vergleichen ▶ S. 22

1 **Chang und Eng:**
Wurden 1811 in Siam (heute: Thailand) geboren, waren von Brustbein bis zum Nabel zusammengewachsen, bereisten als Zirkussensation Amerika, heirateten dann jeder eine Frau, zeugten Nachkommen, starben kurz nacheinander.
Siri und Iris sind quasi auch eineiige Zwillinge, Siri kommt sich auch vor wie bei einer Zirkusvorstellung, Siri fühlt sich an die Mutter gefesselt wie ein siamesischer Zwilling, will sich nun von ihr trennen.
Johannes und Lazarus Coloredo:
Siamesische Zwillinge, lebten im 17. Jahrhundert in Genua, Lazarus war normal gewachsen, trug Johannes auf seiner Brust, dessen Kopf schlaff nach unten hing, Johannes wurde als Parasit von Lazarus ernährt und durchblutet.
Siri fühlt sich stark abhängig von Iris, wegen Iris' fortschreitender Krankheit empfindet sie dies nun besonders drastisch, sie hat das Gefühl, ohne Iris nicht mehr leben zu können, keine Zukunft mehr zu haben.

Kastor und Pollux:
Zwillingssöhne der Leda und des Zeus, von Zeus in Gestalt eines Schwanes gezeugt, aus einem Schwanenei geschlüpft, beherrschten Wind und Wellen, Kastor fiel im Kampf und kam in den Hades, Pollux war unsterblich und wurde von Zeus in den Götterolymp aufgenommen, wollten sich nicht trennen, verbrachten jeweils einen Tag im Hades und einen im Olymp.
Siri distanziert sich von der Situation von Kastor und Pollux. Sie lebt quasi als Pollux alleine weiter, während sie Kastor (Iris) alleine im Hades lässt.

2 *Mögliche Lösung:*
Siri vergleicht ihre Lebenssituation mit dem Leben berühmter Zwillingspaare, um zu verdeutlichen, wie sie sich fühlt, wie sie das Abhängigkeitsverhältnis von ihrer Klonmutter in der jeweiligen Situation bewertet.

Erzengel Gabriel – Intertextuelle Bezüge deuten

▶ S. 23

1 *Mögliche Lösung:*

„Blueprint. Blaupause“	Bibel
Du nanntest Fisher „meinen Erzengel Gabriel“, als er dir die Freudennachricht überbrachte. Er hieß tatsächlich Gabriel, dafür stand das G. in seinem Namen. Welch ein Zusammentreffen, wirklich schicksalhaft! „Du bist auserwählt unter den Weibern, und gebenedeit sei die Frucht deiner Gene, Iris. Und siehe, im zehnten Monat des Jahres null wirst du ein Kind gebären.“ So hätte der Weißkittel-Engel des 21. Jahrhunderts die moderne Jungfrauenzeugung verkündigen sollen und nicht einfach zu dir sagen: „Sie sind schwanger, Frau Sellin, herzlichen Glückwunsch!“ (S. 27)	Im sechsten Monat wurde der Engel Gabriel von Gott in eine Stadt in Galiläa namens Nazareth zu einer Jungfrau gesandt. Sie war mit einem Mann namens Josef verlobt, der aus dem Haus David stammte. Der Name der Jungfrau war Maria. Der Engel trat bei ihr ein und sagte: Sei gegrüßt, du Begnadete, der Herr ist mit dir. Sie erschrak über die Anrede und überlegte, was dieser Gruß zu bedeuten hatte. Da sagte der Engel zu ihr: Fürchte dich nicht, Maria, denn du hast bei Gott Gnade gefunden. Du wirst ein Kind empfangen, einen Sohn wirst du gebären: dem sollst du den Namen Jesus geben. (Lk 1,26–31)
Und dann gibt sie auch noch offen zu: „Das war doch ich, die aus dir sprach. Wir sind doch eins.“ Endlich hat sie begriffen! Es war von Anfang an immer nur sie, die aus mir sprach. Am Anfang war IHR Wort. (S. 51 f.)	Am Anfang war das Wort, und das Wort war bei Gott, und das Wort war Gott. Im Anfang war es bei Gott. Alles ist durch das Wort geworden, und ohne das Wort wurde nichts, was geworden ist. (Joh 1,1–3)
Die Kloner aber handeln nicht aus Liebe, bringen nichts zusammen, sondern spalten. Sie machen aus einem zwei oder vier oder acht ... Sie sind das dritte Geschlecht des dritten Jahrtausends und auch das greift die Götter an und will selbst Schöpfer sein. Denn SIE sprach: Lasst mich einen Menschen machen nach meinem Ebenbild. Im Namen der Mutter, der Tochter und des heiligen Gen-Geistes. (S. 105)	Dann sprach Gott: Lasst uns die Menschen machen als unser Abbild, uns ähnlich. (Gen 1,26) Darum geht zu allen Völkern und macht sie zu meinen Jüngern; tauft sie auf den Namen des Vaters und des Sohnes und des Heiligen Geistes. (Mt 28,19)

2 Richtig ist die zweite Antwort.
Im Vergleich der Romanauszüge mit den Bibeltexten wird deutlich, dass einerseits Passagen fast wörtlich übernommen werden, andererseits aber durch die leichten Abweichungen vom Originaltext stets betont wird, dass Fisher kein „echter“ Engel, sondern nur ein „Weißkittel-Engel“ ist und Iris und Fisher sich zwar verhalten wie Götter, dass dies aber letztlich ein Fehler ist.

Klonforschung – Sachtexten Informationen entnehmen

▶ S. 24 f.

1 *Mögliche Markierungen:*
„1996" (Z. 1), „Midlothian, Schottland" (Z. 2 f.), „Dolly" (Z. 4), „ungeschlechtlich" (Z. 5), „Klon" (Z. 9), „Eizelle" (Z. 9), „das eigene Erbmaterial entfernt worden ist, übertragen" (Z. 10 f.), „277 Mal" (Z. 13), „normalen Tragzeit" (Z. 14), „Erbgut auf null gestellt" (Z. 20–22), „weitere Lebewesen" (Z. 23 f.), „2008 auf den Menschen übertragen" (Z. 28–30), „Stadium der ‚Blastozyste'" (Z. 32), „Diskussion über therapeutisches Klonen" (Z. 35 f.), „Ersatz für kranke oder verbrauchte Zellen" (Z. 39 f.), „wertvollen Stammzellen" (Z. 44), „In Deutschland verboten" (Z. 47–49), „in Großbritannien erlaubt" (Z. 49 f.), „‚Reprogrammierung'" (Z. 52), „Stückchen Haut" (Z. 54), „Gentherapie, welche die Zellen verjüngt" (Z. 55), „iPS" (Z. 59), „beschädigtes Körpergewebe zu reparieren" (Z. 62)
Die Reihenfolge der Absätze ist: B, D, A, E, C, F

Mögliche Zusammenfassungen:
Absatz B: Im Jahr 1996 gelang es schottischen Wissenschaftlern, mit dem Schaf Dolly das erste Klontier zu züchten.
Absatz D: Entscheidend war dabei, dass das Erbgut einer Milchdrüsenzelle wieder „auf null gestellt" werden konnte, sodass daraus die unterschiedlichsten Zellen entstehen konnten.
Absatz A: In den nächsten Monaten und Jahren wurden verschiedene weitere Säugetiere geklont.
Absatz E: Im Jahr 2008 gelang auch das Klonen eines Menschen, der bis zur „Blastozyste" heranreifte.
Absatz C: Im Gegensatz zu Großbritannien ist in Deutschland das Klonen von Embryonen verboten.
Absatz F: Mit dem Verfahren der Reprogrammierung lassen sich wahrscheinlich zukünftig Stammzellen gewinnen, die das therapeutische Klonen überflüssig machen.

2 *Mögliche Lösung:*
Einem Mutterschaf A wird aus den Milchdrüsen eine Zelle entnommen, deren Zellkern isoliert wird. Dem Mutterschaf B wird eine nicht befruchtete Eizelle entnommen, aus der der Zellkern entfernt wird. Der Zellkern von Mutterschaf A wird nun in die entkernte Eizelle von Mutterschaf B eingepflanzt. Die so befruchtete Eizelle wird einem Mutterschaf C implantiert, das den Embryo austrägt. Das Lamm, das geboren wird, ist ein Klon des Mutterschafs A.
Die Eignung der Grafik und des Textes kann von den Schüler/innen unterschiedlich beurteilt werden. Es ist aber zu vermuten, dass die Grafik von den meisten positiver beurteilt wird, weil sie übersichtlicher ist.

Siris „Wahrheit" – Die Erzählweise analysieren

▶ S. 26 f.

1 *Mögliche Lösung:*
Wenn ich die Wahrheit erzähle, bedeutet das, dass ich nicht lüge / nichts dazuerfinde / nur das erzähle, was ich wirklich erlebt habe.

2 *Mögliche Markierungen:*
„was Iris mir erzählt oder mein medizinischer ‚Vater' mir geantwortet hat" (Z. 5 f.), „an was ich mich erinnere" (Z. 8 f.), „was ich als Zwillingsschwester, als Iris-Klon, hinter den Fakten erfühle" (Z. 10–12), „kann ich ganz leicht in Iris' Haut und Hirn schlüpfen" (Z. 14 f.), „jemand Drittes, der die Geschichte von Iris und Siri erzählt" (Z. 17 f.)

In Teilaufgabe b) sind individuelle Lösungen möglich. Zu vermuten ist aber, dass die Schüler/innen in Aufgabe 1 nicht angegeben haben werden, dass die Wahrheit auch das ist, was sie „erfühlen" oder was andere fühlen. Ungewöhnlich könnte den Schüler/innen auch vorkommen, dass man aus der Geschichte „aussteigen" und von außen als jemand Drittes die Geschichte erzählen kann.

3 *Siri als personale Erzählerin:* „ist ganz radikal nur meine Geschichte" (Z. 1 f.), „an was ich mich erinnere" (Z. 8 f.), „was ich als Zwillingsschwester, als Iris-Klon hinter den Fakten erfühle" (Z. 10–12)
Siri als neutrale oder auktoriale Erzählerin: „Manchmal steige ich auch einfach aus und werde jemand Drittes, der die Geschichte von Iris und Siri erzählt" (Z. 16–18)
Erzählende Textpassagen: „Geschichte unseres Lebens" (Z. 2), „was Iris mir erzählt oder mein medizinischer ‚Vater' mir geantwortet hat" (Z. 5 f.), „der die Geschichte von Iris und Siri erzählt" (Z. 18)
Kommentierende Textpassagen: „hinter den Fakten erfühle" (Z. 11 f.)

4 **Text 1:** Ich-Form, personal, Kommentar
Text 2: Er-/Sie-Form, auktorial, Erzählbericht, Figurenrede (direkte Rede)
Text 3: Du-Form, personal, Kommentar
Text 4: Er-/Sie-Form, neutral, Erzählbericht

5 Die personalen, kommentierenden Erzählpassagen in der Ich-Form bewirken, dass der Leser sich mit Siri identifiziert, weil ihre Gedanken und Gefühle unmittelbar zum Ausdruck gebracht werden.
Durch die neutralen oder auktorialen Erzählberichte in der Er-/Sie-Form wird Distanz zum Geschehen erzeugt und die Geschichte wirkt objektiver. Zudem wird der Eindruck erweckt, dass Siri auch die Gedanken und Gefühle ihrer Mitmenschen genau kennt.
Die personalen Kommentare in der Du-Form bringen Siris Haltung gegenüber ihrer Mutter deutlich zum Ausdruck.

6 Der Eindruck, dass Siri die Wahrheit erzählt, entsteht vor allem dadurch, dass sie zwischendurch die Er-/Sie-Form verwendet und andere Figuren zu Wort kommen lässt.
Man kann nicht davon ausgehen, dass Siri die Wahrheit erzählt. So behauptet Siri, in Iris' Haut „hineinschlüpfen" zu können, was nicht dazu passt, dass Siri so wenig Verständnis für Iris' Entscheidungen aufbringt und sich sogar dafür entscheidet, ihr Tagebuch ungelesen zu vernichten.

„Muzwi" – Die sprachliche Gestaltung untersuchen ▶ S. 28

1 **Text 1:** Anglizismen ▶ Charakterisierung der „Programmierung" von Siris Leben, das durch Iris' Idee, sich zu klonen, entsteht
Text 2: metaphorisch-bildhafte Sprache ▶ Verdeutlichung von Siris Gefühlen: Sie fühlt sich von ihrer gefühlskalten Mutter verletzt, zerstört.
Text 3: Verwendung von Fachsprache ▶ möglichst sachliche und genaue Darstellung des Vorgangs des Klonens
Text 4: Neologismen ▶ verdeutlichen, dass Siris Situation als Klon etwas völlig Neues ist, für das man noch keine Worte gefunden hat
Text 5: polemisches Wortspiel ▶ „Klonopoly": harte Kritik an Iris; Siri hat das Gefühl, dass mit ihr gespielt wird.
Text 6: Neologismus ▶ Betonung der negativen Aspekte des Klonens

Zu viele Leerstellen? – Die Literaturverfilmung bewerten ▶ S. 29 f.

1 *Mögliche Markierungen:*
„Klonen selbst und die Folgen daraus kümmern Schübel nicht" (Z. 1 f.), „zu viele Leerstellen" (Z. 7), „schludrigen Schnitt" (Z. 7 f.), „Sprüngen zwischen Vergangenheit und Gegenwart" (Z. 9), „mit Siri kann Potente so wenig anfangen, wie man Mitgefühl für ihr Schicksal hat" (Z. 15 f.), „überambitionierten Rosamunde-Pilcher-Kopie" (Z. 17 f.), „larmoyant und hölzern, jeder Satz banal" (Z. 18 f.), „Nachbuchstabierer" (Z. 21)
Hüttmann kritisiert, dass in dem Film Siris Probleme, die das Klon-Sein mit sich bringt, nicht deutlich werden.

2 *Mögliche Lösungen für Teilaufgabe a):*
A: Vor dem gemeinsamen Auftritt mit der Mutter bekommt Siri in der Garderobe vor dem Spiegel Nasenbluten. Die Mutter versucht, sie zu trösten und zu ermutigen. [...] Nach dem Konzert heftet sich Siri während des Applauses noch auf der Bühne einen „Klonstern" an.
B: Nachdem sie durch Kristian abgewiesen wurde, verbringt Siri mit ihrer Mutter einen Tag am Meer. Sie lässt sich den Sand durch die Finger rieseln und stellt fest, dass – im Gegensatz zu ihr und ihrer Mutter – zwei Sandkörner nie vollkommen gleich sind.
C: Siri hat sich entschieden, alleine ein Konzert zu geben. Während des Auftritts bekommt sie (wieder einmal) Nasenbluten. Sie läuft zurück in die Garderobe vor einen Spiegel. Als sie aus dem Konzertsaal hört, dass ihre Mutter ihr Konzert fortsetzt, zerschlägt sie mit einer Glasschale den Spiegel.

D: Nachdem Siri zu Janeck nach Hamburg gezogen ist, besucht Iris sie dort und bemüht sich um eine Versöhnung. Dieser Versuch scheitert. Nachdem Iris das Haus verlassen hat, setzt sich Siri vor den Spiegel und entfernt sich mit einem Skalpell ihr Muttermal.

Mögliche Lösungen zu den Teilaufgaben b) und d):
A: Die Nahaufnahmen auf dem ersten und zweiten Szenenfoto zeigen Siri mit ihrer Mutter vor dem Spiegel. Der Spiegel verdeutlicht hier, dass es Siri bzw. Iris quasi doppelt gibt. Die Ähnlichkeit zwischen beiden wird betont und in diesem Moment sicher auch von Siri so wahrgenommen. Unterschiedlich sind jedoch die Gesichtsausdrücke der beiden. Man sieht Siri ihre Verzweiflung an, wohingegen Iris optimistisch lächelt. Das Nasenbluten, das offensichtlich eine psychosomatische Reaktion ist, verdeutlicht, dass Siri sich in der Situation nicht wohlfühlt. Das dritte Szenenfoto zeigt Siri in der Nahaufnahme mit einem weißen Stern auf dem Kleid, auf dem das Wort „Klon" steht. Dieser „Klonstern" erinnert an den Judenstern und somit auch an Experimente mit Menschen, Vernichtungslager usw. Durch das Anheften dieses Sterns übt Siri harte Kritik am Klonen (und somit an ihrer Mutter und Fisher), indem sie verdeutlicht, dass das Klonen gegen die Menschenwürde verstößt.
B: Die Großaufnahme lenkt bei den ersten beiden Szenenfotos die Aufmerksamkeit auf Siris Hand und die Sandkörner. Die Sandkörner stehen an dieser Stelle (wie Siri selbst sagt) dafür, dass sich in der Natur quasi alles unterscheidet, dass nicht nur alle Lebewesen, sondern sogar Steine und Sandkörner individuell unterschiedlich sind. Dies verdeutlicht das Unnatürliche und zugleich Schreckliche an Siris Situation als Klon. Die Nahaufnahme im dritten Szenenfoto lenkt die Aufmerksamkeit auf Siris verzweifelten Blick.
C: Die Großaufnahme zeigt den Blutstropfen auf der Klaviertastatur (Szenenfoto 1). Dieser steht wieder für Siris Anspannung und Verzweiflung beim Versuch, sich mit der Mutter zu messen bzw. diese zu übertrumpfen. Der Spiegel (Szenenfotos 2 und 3) führt Siri wieder vor Augen, wie ähnlich sie ihrer Mutter ist und dass sie keine eigene Identität besitzt. Indem sie den Spiegel zerschlägt, bringt sie ihre Verzweiflung darüber zum Ausdruck.
D: Siris Gesichtsausdruck ist durch die Nahaufnahme besonders deutlich erkennbar. Sie ist auf den ersten beiden Fotos konzentriert, nach dem Entfernen des Muttermals (Foto 3) lächelt sie zufrieden, fast triumphierend ihrem Spiegelbild zu. Das Muttermal steht für das Gemeinsame, das Siri und ihre Mutter verbindet. Indem Siri dieses entfernt, versucht sie, sich von ihrer Mutter zu distanzieren und eine eigene Identität aufzubauen.

3 *Teilaufgabe a):* Bei den Szenen A und C sollte deutlich werden, dass diese im Roman auch vorkommen, dass es aber Unterschiede gibt: So hat Siri im Roman z. B. kein Nasenbluten, sondern schlägt, wenn sie verzweifelt ist, mit dem Kopf auf die Tastatur. Beim Konzertauftritt mit der Mutter heftet sie sich nicht den Klonstern an, sondern bindet sich ein gelbes Band um. Die Szenen B und D kommen so im Roman nicht vor. Stattdessen werden Siris Gefühle mit Worten beschrieben.
Teilaufgabe b): In einem Film werden Gefühle einer Figur nicht vorwiegend mit Worten, sondern durch filmsprachliche Mittel zum Ausdruck gebracht. Der Filmemacher hat dazu besondere symbolische Gegenstände (Spiegel, „Klonstern", Sandkörner) und Handlungen (Zerschlagen des Spiegels, Entfernen des Muttermals) ausgewählt. Vor allem durch die Einstellungsgröße wird die Aufmerksamkeit des Zuschauers darauf gelenkt.

4 Hier sind individuelle Lösungen möglich, weil die Schüler/innen aus ihrer Sicht beurteilen sollen, inwiefern sie die – nun genauer untersuchte – filmische Umsetzung für gelungen halten.

Getroffen? – Eine Rezension des Romans beurteilen

▶ S. 31

1 Zum Inhalt: Textstellen im ersten Absatz. Zur Erzählstrategie: Textstellen im zweiten Absatz. Zur Bewertung: Textstellen im letzten Absatz, vor allem am Schluss.

2 In der Rezension werden wesentliche inhaltliche Aspekte des Romans angesprochen. Eventuell hätte noch genauer ausgeführt werden können, wie Siri mit ihren Identitätsproblemen umgeht. Die Erzählstrategie ist insgesamt treffend charakterisiert, wobei man die Frage stellen kann, ob tatsächlich der Eindruck von „identischen Hauptakteurinnen" entsteht. Die Bewertung des Romans ist nachvollziehbar begründet.

3 Hier sind individuelle Lösungen möglich, wobei die Kriterien aus dem Tippkasten berücksichtigt werden sollten.

Klassenarbeit 1: Einen Romanauszug analysieren

▶ S. 32

1 Siri ist bei dem Treffen mit der Großmutter erst fünf Jahre alt. Sie hat bereits eine gute musikalische Ausbildung erhalten und weiß, soweit man dies von einer Fünfjährigen erwarten kann, dass sie geklont ist. Im Anschluss an das Treffen befragt Siri ihre Mutter und später auch Janeck, warum sie als Monster bezeichnet wurde, und versucht, sich von dieser Bezeichnung zu distanzieren.

2 *Position der Großmutter:* Es gibt Iris durch das Klonen zweimal, sie ist quasi wie Iris Siris Mutter, ihr verstorbener Mann ist Siris Vater. Auf Grund dieser merkwürdigen Familienkonstellation bezeichnet sie Siri und Iris als Monster, sie hat das Gefühl, dass ihre Erinnerung an ihre Tochter durch die kleine Siri zerstört wird, kann Siri deshalb nicht lieben, nimmt an, dass Siri früher oder später auch Iris zerstören wird.
Iris' Position: Iris hat das Gefühl, durch Siris Existenz geheilt zu werden. Siri ist allein ihr Kind und nicht das von Katharina Sellin.

3 An dem Zeitpunkt der im Romanauszug dargestellten Situation kann man Iris zustimmen. Sie hat das Gefühl, durch die Existenz ihrer Tochter gerettet worden zu sein, leidet seit Siris Geburt nicht mehr unter MS-Schüben, führt mit der Tochter, die sich gemäß ihren Vorstellungen zu entwickeln scheint, eine harmonische Beziehung.
Der Blick auf den gesamten Roman zeigt aber, dass Siri – wenn sie ihre Mutter auch nicht zerstört – ihr zumindest großes Leid zufügt, als sie in den Konkurrenzkampf mit ihr eintritt und sich dann immer stärker von ihr distanziert.

Klassenarbeit 2: Einen Sachtext untersuchen

▶ S. 33

1 Im ersten Absatz wird erläutert, dass nach dem aktuellen Forschungsstand die Gefahr sehr groß ist, dass beim Klonen von Menschen die geklonten Babys gesundheitliche Schäden davontragen könnten. Im Folgenden wird diskutiert, wie die Situation zu beurteilen wäre, wenn man dieses gesundheitliche Risiko ausschließen könnte. Dabei führen Graumann und Poltermann zunächst Argumente ihrer „Gegner" an, um dann ihre eigenen Argumente gegen das Klonen darzulegen.
Argumente für das Klonen: reproduktive Freiheit (ein verstorbenes Kind noch einmal erschaffen, sich ohne Mann fortpflanzen), Identitätsentwicklung ist bei eineiigen Zwillingen auch möglich
Argumente gegen das Klonen: mögliche gesundheitliche Schäden, Schwierigkeiten des Klons bei der Identitätsentwicklung, starke Erwartungshaltungen, fehlende Einwilligung des Klons, Verletzung des Rechts auf körperliche und biologische Integrität

2 Wiederfinden lassen sich im Roman – abgesehen von möglichen gesundheitlichen Schäden – fast alle angeführten negativen Aspekte, vor allem die Schwierigkeiten bei der Identitätsentwicklung, unter denen Siri leidet, und die hohe Erwartungshaltung von Iris.